나는 경비원이다

나는 경비원이다

발행일	2021년 3월 16일		
지은이	장수욱		
펴낸이	손형국		
펴낸곳	(주)북랩		
편집인	선일영	편집	정두철, 윤성아, 배진용, 이예지
디자인	이현수, 김민하, 한수희, 김윤주, 허지혜	제작	박기성, 황동현, 구성우, 권태련
마케팅	김회란, 박진관		
출판등록	2004. 12. 1(제2012-000051호)		
주소	서울특별시 금천구 가산디지털 1로 168, 우림라이온스밸리 B동 B113~114호, C동 B101호		
홈페이지	www.book.co.kr		
전화번호	(02)2026-5777	팩스	(02)2026-5747

ISBN   979-11-6539-647-3 03810 (종이책)   979-11-6539-648-0 05810 (전자책)

(주)북랩 성공출판의 파트너

북랩 홈페이지와 패밀리 사이트에서 다양한 출판 솔루션을 만나 보세요!

홈페이지 book.co.kr • **블로그** blog.naver.com/essaybook • **출판문의** book@book.co.kr

나는 경비원이다

장수욱
에세이

음지에서 일하며
음지를 지향하는
아파트 경비원 24시

북랩 bookLab

어느 퇴직 공무원의 7년 아파트 경비에서
겪은 삶의 체험기

차 / 례

1부

나
의
경
비
생
활

2부

경
비
원
인

나
의

생
각

1부

나의 경비 생활

어쩌다 경비

3월인데도 차가운 바람이 옷 속을 파고든다. 나는 집 앞에 있는 편의점에서 소주 한 병과 안줏거리 과자 한 봉을 사 들고 집으로 들어왔다. 집이라야 낮에도 불을 켜야 하는 보증금 천만원에 월 이십 만원의 반지하 방이다. 방 안에는 며칠째 마신 빈소주병이 여러 개 뒹굴고 있다. 벌써 며칠을 끼니라고는 라면 몇 개 끓여 먹은 게 고작이고 술은 깨기가 무섭게 또 마셨다. 맨정신으로는 도저히 버틸 힘이 없어 이렇게 아무런 대책 없이 하루하루를 흘려보내는 것이다.

이제 다시 사 온 소주병을 따려고 할 때 밖에서 인기척이 들렸다. 몇 해 전 출가해서 남양주에 사는 큰딸이다. 걱정스럽게 방에 들어선 큰딸은 말없이 사방을 둘러보고는 "이러신다고 해서 일이 해결되는 것도 아니고 어찌 되었든 다시 정신 차리고 힘을 내야 하실 것 아니냐"며 사서 온 해장국을 야외용 가스레인지에 얹어 놓고 봉투 하나를 내밀며 이 돈으로 다시 가스 들어오게 하시고 밀린 방세도 해결하고 하라며 걱정스럽게 바라보더니 "지금 너무 힘드시면 당분간만이라도 우리 집에 가서서 계세요." 하며 끝내 눈물을 흘린다.

나는 큰딸을 한참 바라보다 "알았으니 이제 그만 돌아가고 내가 연락할 때까지 오지 마라. 내가 어떻게 해서든지 이번 일을 극복해 갈 테니까." 하면서 큰딸이 준 봉투는 그냥 받아 두었다. 당장 가스비와 밀린 월세 등을 정리해야 하였기 때문이다. 자기 집으로 가자던 딸을 돌려보낸 후 사 온 소주 두 병을 해장국을 안주로 하여 먹어 치운 후 다시 정신이 드니 다음 날 아침이다. 정신을 가다듬고 살아야 하겠다는 마음에 라면 한 개를 해장 삼아 아침을 때운 다음 앞으로의 일들을 정리해 보기 시작했다. 우선 겨우내 요금이 밀려 끊겨버린 가스를 해결하고 또 밀린 월세도 정리한 뒤 일자리를 찾아보기로 했다.

세상일이라고는 학교 다닐 때 부모님 농사일 조금 도와 드린 것과 공무원 생활이 거의 전부이다. 공무원 분야도 교육행정 분야라서 일반인을 상대하는 일은 거의 없고 자체 내부 행정 업무가 대부분을 차지했다. 그런 까닭에 지금까지 누구와 크게 부딪쳐 본 일 없이 그저 온실 속의 화초 같은 그런 삶이었다. 적어도 집사람의 사업이 부도로 인하여 거친 사람들과 부딪치기 전까지는.

공무원 시절 40대에 접어들면서부터 퇴직 후의 일을 생각하기 시작했다. 다른 재산이 거의 없는 나는 퇴직금만으로는 퇴직 후의 생활이 그리 녹록지 않을 것 같다는 생각했었고 또 그런 말들을 여러 사람들로부터 들어 왔었다. 두 딸을 공부시켜서 출가시키고 나면 별로 남아 있을 것이 없을 것 같다는 생각을 하던 차에 운명처럼 눈에 띈 작은 가게를 인수하여 이를 집사람이 운영하고 나는 그냥 공무원 생활에만 충실했다.

이런 생활이 계속된 지 10년쯤 되었을 때 나는 전혀 생각지도 못한 일들을 겪기 시작했다. 가게를 운영하던 집사람이 욕심이 생겼는지 사기를 당했는지 어떤 사업에 무리한 투자를 했다가 그만 사달이 나고 만 것이다. 나도 모르게 내 이름으로 대출과 보증 등 내가 감당할 수 없는 만큼의 일을 저질러 놓고 겁에 질려 혼자 수습해 보려고 했던 것이다.

일이 터지자 채권자들은 나에게 몰리기 시작하여 보수 압류를 기본으로 압박하기 시작했고 자존심이 강했던 나는 버틸 수 없어 공무원직을 사퇴하고 퇴직금을 일시불로 하여 일부는 부채를 갚는 데 사용하고 나머지를 가지고 딸들과 함께 서울로 올라왔다. 솔직히 야반도주한 것이나 마찬가지였다. 이제 집안은 풍비박산이 났고 딸들도 다니던 학교를 그만둘 수밖에 없었다.

　서울로 올라온 몇 달 후 우선은 먹고살아야 하겠기에 방법을
찾다 가지고 있던 모든 돈을 털어 대학교 앞에 조그마한 카페
를 인수했다. 운영은 딸 둘이서 하니까 우선 인건비가 들지 않
아 그런대로 먹고살 수 있는 정도로 운영이 되었다.

　그러나 인수한 카페가 워낙 낡아 수시로 유지 보수가 필요하
였으나 돈 때문에 우선 급한 것만 땜질로 처방하여 운영해 가
고 있는 형편이었으나 다행히 위치가 대학 바로 앞이라 손님
대부분이 학생들이었고 또 큰딸이 두 해 전까지 지상파 TV 방
송에 출연했었고 하여 상당한 수의 남학생 손님이 있었다. 또
여학생들은 주로 담배를 피우기 위한 장소로 이용하는 것 같
았다.

　일 년이 되어가고 가게가 그런대로 운영되는 듯하자 건물주
는 월세를 80만원에서 120만원으로 인상하여 달라고 요구하
였고 인근 50㎡도 떨어지지 않은 곳에 우리 가게 두 배가 넘는
규모의 멋진 카페와 또 생과일 전문점도 생겨났다. 나는 더 이
상 버티기 힘들겠다는 생각에 가게를 넘기기로 작정하였는데
다행히 별 힘 안 들이고 인수했던 가격 정도에서 정리를 할 수
있었다.

　이 카페를 하기 전 나는 두 번이나 기소 중지자가 되어 경찰

에 체포된 적이 있었다. 집사람이 돈이 몰려 독촉을 받기 시작하자 내 인감서류 등을 몰래 사용하여 별 이상한 방법으로 돈을 쓰고 갚지 못하자 채권자들이 나를 사기범으로 고소하였고 이 사실을 모르는 나는 두 번이나 체포되어 경찰서 유치장에서 밤을 보낸 적이 있다. 이후 나는 심한 트라우마에 시달리며 서울로 올라올 때 주민등록을 이전하지 않아 주민등록은 말소되었고 나는 점점 사회로부터 숨어들기 시작하였다. 이후 생계는 두 딸이 아르바이트 등으로 유지했고 나는 별 하는 일 없이 집에서 소일하고 있었다.

지금 생각하면 50대 중반이면 참 좋은 나이 때인데 그 많은 시간을 이용하여 쓸 만한 자격증이라도 몇 개 따둘 걸 하는 생각과 그리하였더라면 60대에서 퍽 유용하게 써먹을 수 있었을 테고 또 경비 생활까지는 흘러들지 않았을 터인데 하는 생각이 든다. 하기야 경찰에 두 번이나 체포되었던 트라우마 때문이라도 자격증 취득시험 같은 것은 엄두가 잘 나지 않았을지도 모른다. 또한 많은 부채 때문에 주민등록을 복원하기가 겁이 나기도 했다.

이렇게 살아가던 중 큰딸은 짝을 찾아 2006년이 저물 무렵 결혼하여 가정을 꾸렸고 작은딸과 생활하던 나는 마음을 다시 다잡고 모든 것을 다시 시작하고자 2009년 11월 주민등록을 복원하고 법원에 파산 및 면책복권을 신청하였다. 주민등록을 복원한 지 며칠이 되지 아니하여 어떻게 알았는지 채권 독촉이 날아들기 시작하였다. 모두가 10여 년 전 집사람이 내 명의를 사용했던 채무들이다.

나는 이때 신용보증 회사가 무엇을 주 업무로 하여 사업을 하는지를 처음 알았다. 이후 면책 복권이 내려질 때까지 2년 반 정도의 기간에 하루에 두세 통씩 날아드는 채무관련 독촉은 나에게 더할 수 없는 스트레스와 고통이었다.

2009년 11월 신청한 파산 및 면책복권의 처리는 처음에는 8개월에서 1년 정도를 예상하였으나 조그마한 재산의 관재처리 건으로 점점 늦어져 2년을 넘기게 되고 그동안 날아든 독촉장 및 최고장, 법원문서 등은 라면 상자 두 개를 가득 채우고도 남았다. 자제하던 술도 차츰 그 횟수가 잦아지고 급기야는 화장실에서 많은 피를 쏟으며 쓰러져 응급실 신세를 지는 일이 있었다.

다행히도 2011년 5월 면책 및 복권이 인용되면서 나는 그 지긋지긋한 빚 독촉에서 벗어났고 그 후로는 그렇게 퍼붓던 채무 독촉은 장마 후 맑게 갠 하늘처럼 깨끗해졌다. 이제 모든 것이 정리되어가고 무엇보다도 주민등록이 정리되어 일자리를 찾으려 마음을 먹었으나 아직 덜 급했는지 또 차일피일 미루었고 무엇보다 나는 내 나이에 맞는 일자리에 대해서는 아는 것이 없었다.

　이렇게 이삼 년이 지났을 때도 나는 무심하게도 작은딸이 어디서 무슨 일을 해서 생활비를 대고 있는지 몰랐고 또 알려고 하지도 않았다. 그냥 무덤덤하게 하루하루를 보내고 있었다. 지금 생각하면 그때 작은딸의 눈에는 어떻게 비쳤을까? 그냥 무기력한 한 노인 정도로만 생각됐을 것 같다.

　2014년 1월 낯선 번호의 한 통의 전화가 왔다. 딸을 찾는 전화였다. 내가 지금 집에 없다고 하자 내가 누구인지를 확인한 후 딸이 빌려 간 대출금이 연체되어 전화하는 것이니 빨리 갚지 않으면 법대로 처리하겠다는 것이다. 해괴한 일들을 많이 당해왔던 나는 불길한 예감이 들어 딸에게 이 사실을 알리고 질책했다. 별 대답 없이 전화를 받던 딸은 말없이 전화를 끊었고 이후 지금까지 7년 동안 한 번의 만남도 전화 통화도 없었다. 다만 두 달 정도 지난 뒤 문자가 왔다. "죄송하다는 내용과 꼭 돈을 벌어 어느 정도 정리가 되면 찾아뵙고 용서를 빌겠다."는 내용이었다.

　나중에 애써 수소문해서 알아낸 바로는 작은딸은 동대문 시장에서 조그만 식당을 인수하여 배달식 위주로 운영하였으나 여의치 못하여 대부업체에서 돈을 빌리게 되고 이후 이자 등을 감당하지 못하고 돌려막기 등으로 버티다가 결국 주저앉은 것이다.

첫 경비 생활

술에서 깨어나 정신을 차린 나는 인터넷을 뒤져 일자리를 찾기 시작했다. 우선은 그래도 조금은 친숙한 경비 일자리를 벼룩시장 구인란에서 찾아내고는 곧바로 전화를 걸었다.

고양시에 있는 임대 아파트이다. 다음 날 면접 시간에 조금 여유를 두고 집을 나섰다. 내가 사는 곳에서 272번 버스를 타고 경복궁역에서 3호선 지하철을 타고 화정역에서 내려 다시 마을버스를 타고 20분 정도 가야 했다. 경비원 1명을 뽑는데 벌써 한 사람이 먼저 와서 면접을 보고 있었다. 이어서 나도 면접을 보고 집에 돌아오니 오후 3시가 조금 넘었다.

경비라고는 드라마에서 잠깐씩 나오는 장면과 공무원 생활 때 아파트에서 한동안 살았었는데 그때에는 경비에 대해서는 관심도 없을 때이었다. 오후 5시경 내일부터 6시 30분까지 그 아파트 1동 경비실로 찾아가 근무하고 내일은 출근 즉시 이 번호로 출근했다고 보고하라는 회사 담당자의 전화를 받았다.

　다음 날 새벽 4시 20분경 집을 나와 버스와 지하철 다시 마을 버스를 이용하여 내가 근무할 경비실에 도착한 시간은 6시 35분. 즉시 회사 담당자가 알려준 번호로 출근 보고를 하고 나서 보니 교대자는 퇴근을 하지 않고 기다리고 있었다. 교대자는 집이 어디냐고 물었고 내가 사는 곳을 얘기하자 그 먼 곳에서 여기까지 어떻게 다니려고 하느냐면서 다음부터 자기는 6시 30분이면 무조건 퇴근할 터이니 그렇게 알라고 한다.

　뭐가 뭔지도 모르고 출근하였기에 반장을 찾아가니 우선 경비실에 걸려있는 전임자가 입던 경비복과 모자를 쓰라고 한다. 이 상황에서 세탁을 생각하는 것은 아마도 사치인 것 같았다. 그리고 오늘 할 일은 설명하는데 나로서는 이 업무량이 많은 건지 적은 건지 가늠할 수조차 없었다.

　내가 근무하게 될 이 아파트는 13동으로 되어있고 경비는 반장을 포함한 각조 4명씩으로 서로 맞교대하여 근무하게 된다. 이중 내가 근무하게 될 1경비실에서 관리해야 할 동 수는 4개 동이고 세대수는 350세대이다. 주요 일거리는 청소부터 시작하여 재활용품 분리수거와 음식물 쓰레기, 일반 종량제 쓰레기, 주차관리와 화단 및 주변의 수목관리 그리고 택배 및 관리실의 각종 지시 사항 이행 등 정신이 없을 정도이다.

첫날은 도시락을 가져오지 않아 점심에 김밥 두 줄로, 저녁은 자장면으로 때우며 일을 배우는데 우선은 끊임없이 쏟아져 나오는 재활용품의 분리수거가 벅찼다. 대개 아파트단지에서의 분리수거는 주 1회 정도 지정되어 있는 날에 배출하면 이를 경비들이 정리하고 다음 날에 수거하여 가는 것이 보통이라는데 여기는 지정되어 있는 날이 없고 매일 매일 배출된 재활용품을 정리하여 쌓아 놓으면 매주 수요일마다 수거 업체에서 수거해 간다고 한다.

그런데 말이 재활용품이지 일반 쓰레기와 구분할 수 없을 정도이다. 종이와 박스류는 화장실에서 사용된 휴지가 종이류 재활용품이 되어 나오는가 하면 애완동물의 집 바닥에 깔아 놓았던 신문지에 애완동물 배설물 채로 둘둘 말아서 재활용 종이류가 되기도 한다. 또 이물질이 잔뜩 묻은 플라스틱 통이나 병 비닐 등이 배출되는 경우도 허다한데 최소한 하루에 서너 시간은 여기에 매달려야 한다.

여기에다 또 하나의 고충은 관리실에서 종량제 봉투의 지급이 일절 없다는 것이다. 경비는 그렇다손 치더라도 청소를 주요 업무로 하는 미화원 아줌마들에게도 종량제 봉투는 지급되지 않는다고 한다. 각자가 알아서 발생한 쓰레기는 그냥 재활용 비닐의 수거자루에 부어 넣는다. 다른 방법은 없는 것 같았다. 그리고 어느 틈엔가 입주민은 깨진 유리 사기그릇, 작은 목재 제품 등 재활용품으로 수거되지 않는 물건들을 슬그머니 수거함 옆에 있는 으슥한 곳에 두고 사라진다. 이것들은 처리 비용이 들어가는 물품인데 담당구역 경비가 알아서 책임지고 처리해야 한다.

　오후가 되자 택배 차량들이 들어오고 집이 비어있는 세대의 택배들은 경비실로 쏟아져 들어온다. 이 아파트는 구조가 한 층에 7~8세대씩으로 된 복도식이어서 입주자가 부재중이면 도난 우려 때문인지 무조건 경비실에 맡겨진다. 경비 근무 첫날 내게 맡겨진 택비는 40개가 넘었다. 이것들을 각 동별로 분류하고 인터폰으로 연락하여 찾아 가도록 하여도 5개에서 10개 정도는 다음 날로 인계된다.

　밤 12시가 되어 일을 대충 정리하고 밖에 있던 박스를 두세 겹으로 깔고 라디에이터의 온기에 의존하며 차가운 경비실 바닥에 눕는다. 그런데 하루건너 한번 정도는 시간에 관계 없이 경비실 문을 두드리는 사람들이 있다. 어떤 때는 문을 두드리는 게 아니라 아예 걷어찬다. 놀라서 일어나 경비실 문을 열어보면 술이 거나하게 취한 아저씨가 택배를 찾으러 왔다고 한다. 다음 날 새벽 4시에 일어나 분리수거장 등을 다시 정리하고 5시에 경비일지를 반장에게 제출하면 하루 일과가 거의 끝이 난다. 그런데 이 경비일지의 기록도 문제 중의 하나이다.

출근 시부터 매시간 행한 일을 적어 나가야 하는데, 모순이 없어야 하고 저녁 9시를 기준으로 지하, 지상주차장에 주차된 차량의 번호를 기록해야 한다. 20년 넘게 일지를 가까이하고 살아온 나도 경비일지를 기록하는 데 사오십 분 정도 소요된다. 물론 차량 번호 기록에 대부분의 시간이 소요되지만 배움이 적은 일부 동료는 이 일지 기록을 무척 힘들어하며 심지어는 일지 쓰는 것 때문에 이곳의 경비 생활을 그만둔 사람도 있다고 한다.

두 번째 날 9시. 교육을 받기 위해 관리실에 모였다. 관리실에는 교육받을 수 있는 탁자와 의자가 준비되어 있었다. 이 아파트는 기전과장이 실질적인 소장의 역할을 하고 있다. 기전과장은 부사관 출신으로 주택관리사보 시험에 합격하여 이 아파트 기전과장으로 근무하고 있는데 주택관리사가 되기 위해 많은 노력을 하고 있다고 한다. 즉 실적을 쌓고 기록을 남기는 데 많은 공을 드리고 있는 것이다.

회의 등을 하면 최소한 몇 장의 사진 기록을 남기고 소방 교육 등은 훈련 장면을 연출하여 사진으로 기록을 남긴다. 오늘 교육은 내가 처음이고 하여 일의 처리 요령과 주민대응, 민원 발생요인 및 방지 등에 대한 교육을 받고 특히 각 경비원에게 장비로 지급되어 있는 무전기 응대요령이 주된 교육이었다.

나중에 알게 되었지만 이 무전기는 어떠한 일의 편의나 경비를 하기 위한 장비라기보다는 경비들에게는 족쇄나 다름없는 장비였다. 무전기 다루는 교육은 실습 위주로 실시되었는데 주파수를 맞추고 단추를 누른 뒤 무전기 앞 10㎝ 정도의 거리에 대고 말을 한다.

"각 초소는 응답하라." "예 1초소 수신 준비 끝, 예 2초소 수신 준비 끝." 자칫 단추를 잘못 누르거나 하면 처음부터 다시 실습이 실시되고 이 과정이 수없이 반복된다. 다른 동료들은 이미 익숙해져 있었지만 무전기가 처음인 나는 몇 번의 실수를 범해 동료들을 번거롭게 하기도 하였다. 교육을 마치고 지급 받은 무전기를 경비실에 돌아와 허리춤에 찼다. 구형이라서 허리춤에 차야 하고 또 항상 켜져 있어야 한다. 이 무전기는 우리 경비들의 모든 행동을 통제하고 지시하며 제어하는 중요한 장비이다.

10시 30분경 드디어 첫 무선이 왔다. "기전과장이다. 각 대원은 즉시 응답하라." "제1초소 수신 준비 끝." 제4초소 수신 준비 끝." 다행히 별 이상 없이 수신 준비 완료가 보고되었다. "각 대원은 지금부터 담당 구역 내의 트렌치 청소를 오전 중에 완료하고 완료된 초소부터 완료 보고를 하라. 이상 끝."

먼 옛날 군 시절이 생각난다. 무전기는 이런 작업지시뿐 아니라 택배 기사가 택배를 맡기러 왔는데 경비실에 경비가 없으면 관리실로 연락하고 관리실 직원은 즉시 경비에게 무선으로 연락하고 연락을 받은 경비원은 상당한 거리서도 즉시 달려와 택배를 받아줘야 한다. 지하주차장이나 옥탑을 순찰 시 가끔 무선 연락이 안 되는 경우가 있는데 이때에는 나중에 그 사유를 설명해야 하는 경우도 여러 번 있었다.

경비의 가장 중요한 업무 중의 하나가 순찰이라고 한다. 내가 관리하고 있는 세대는 4개 동의 350여 세대이지만 순찰을 돌 때에는 8개 동과 지하주차장 등 13개 중점 지역에 대해서 순찰을 하고 확인을 해야 하는 정선 순찰형식으로 하루에 아침 점심 저녁으로 3회를 순찰하며 순찰에 소요되는 시간은 특별한 문제가 없을 때 한번 순찰에 한 시간 정도가 소요된다.
처음으로 순찰을 하였을 때는 순찰 코스도를 휴대하고 보면서 코스를 따라 순찰을 하여야 했었고 또 순찰 확인은 순찰시계로 하는데 이 시계가 좀 낡아서 시계에 키를 넣고 돌렸을 때 소리가 나야 하는데 힘을 주어도 소리가 나지 않아 가끔 어려움을 겪고는 한다.
순찰 중 옥탑이나 지하주차장의 일부 지역에서는 경비가 항시 휴대하고 있는 무전기의 연락이 잘되지 않아 엉뚱한 오해를 받기도 한다. 또 경비실에서 좀 떨어진 곳을 순찰할 때 무전으로 택배를 받아 주라는 연락이 왔을 때는 짜증스럽기도 하다. 순찰을 돌다 말고 경비실로 돌아와서 택배기사가 가져온 택배를 받아주고 다시 순찰 돌던 곳으로 돌아가면 십여 분은 족히 걸리기 때문이다.

우리 아파트의 주변은 삼면이 다른 아파트 단지로 쌓여 있는데 불량스러운 청소년들도 우리 경비들의 골치를 썩히는 데 한몫을 하는 것 같다. 아침 순찰은 출근하면서 바로 시작하여, 한 시간 정도 돌고 있는데 아직은 봄이라서 그런지 며칠 건너 한 번쯤은 아파트 옥탑의 빈 곳이 엉망진창으로 되어 있는 것을 발견할 수 있는데 아마도 불량 청소년들의 소행으로 추정된다. 뒹구는 소주병과 먹다가 만 컵라면과 과자 봉지는 약과이고 심지어는 토해 놓은 음식물과 거기에다 소변까지 보아 놓은 경우도 있다. 이런 날은 정말로 아침부터 재수 옴 붙은 날이다.

순찰은 순찰이니 시계로 왔었다는 표시를 하고 순찰이 끝난 후 다시 청소 용구를 챙겨서 그곳에 가면 심한 경우에는 처리에 1시간 이상이 걸리는 경우도 있다. 그리고 순찰에서 이보다 더 어렵고 힘든 것은 저녁 9시부터 10시경까지 돌고 있는 저녁 순찰 때 옥탑 등에서 술을 마시고 있는 청소년들과 마주쳤을 때이다.

이들이 술을 막 시작하거나 시작한 지 얼마 되지 않았을 때는 그래도 좀 나은 편인데 시작한 지 시간이 좀 지나 이들이 술에 취해 있거나 특히 이들 중에 여자아이들이 끼어 있을 때는 우리 경비들도 상당히 조심을 해야 한다. 한창 그럴 나이에 여자아이들이 끼어 있으면 술에 취한 남자애들은 물불을 가리지 않기 때문이다.

경비가 할아버지 나이쯤 되는 것은 아예 상관하지 않고 오히려 반말이요 시비조로 대항한다. 감히 가까이 갈 엄두조차 내지 못한다. 어쩔 수 없이 약간 물러나 전화를 이용하여 동료 경비들에게 알리고 동료 경비가 달려와도 해결이 어려울 때는 112로 신고하여 경찰의 힘을 빌리는 수밖에 없다.

한바탕 이런 일들을 겪고 나면 일의 진행이 한 시간 정도 늦어지는데 그렇다고 다른 일을 안 할 수도 없어 급한 분리수거장 정리 및 차량들의 주차 점검 등을 마치고 나면 12시가 넘는 때도 가끔 있다.

순찰 이외에도 경비에게는 가끔 술에 취한 취객 때문에 곤란을 겪는 일들이 있다. 늦은 봄 새벽 3시경 경비실 문을 두드리는 사람이 있어 문을 열고 나와 보니 택시 기사가 여자 손님을 2동 출입문 앞에 내려놓고 나를 깨운 것이다. 택시 기사는 이 여자가 여기가 자기 집이라고 하는데 들어가지 않고 횡설수설한다며 자기는 택시비도 못 받았다며 자기 사정 얘기만 하더니 어느 틈에 택시와 함께 사라져 버렸다.

어쩔 수 없이 술에 취한 여자는 내가 맡아야 할 수밖에 없게 되었다. 망설이던 나는 보도를 통해 들은 것도 있고 해서 곧바로 112에 신고를 하고 한 5분 정도 지나니 경찰차가 도착하였고 남자 경찰관과 여자 경찰관이 한명씩 내렸다. 내가 있었던 일을 설명하자 경찰관은 신고를 잘해주었다며 이런 경우 술 취한 여자분을 흔들어 깨우거나 하면 자칫 오해 등을 받을 수 있으니 조심해야 한다고 일러준다.

여자 경찰관이 술 취한 여성을 흔들어 깨우려 하자 술 취한 여성이 심한 말을 내뱉으며 소리를 지른다. 결국 경찰은 여자의 지갑에서 주소를 확인하고는 나에게 이 여자의 주소가 여기가 아니고 옆 아파트라며 여자를 태우고는 그 여자의 주소 아파트로 향한다.

또 한번은 한낮에 중년 남자가 11동의 엘리베이터를 타고 계속 오르내리는 것이 CCTV 화면에 포착되어 현장으로 달려가니 술에 만취되어 계속 엘리베이터 층수 버튼을 눌러 대고는 내릴 생각을 않기에 내릴 것을 요구하며 간단한 것을 묻자 막무가내로 버티며 여기가 자기 집이라고 우리는 바람에 어쩔 수 없이 동료 경비들의 도움을 받아 처리한 적도 있다.

이 모든 일은 당연히 경비로서 해야 할 일이겠지만 이제는 나이가 들어서 그런지 겁도 나고 힘에도 많이 부치는 것 같다. 이런 생활 속에 한 달이 넘게 지나갔다. 4월이 시작되며 풀들이

| 1부 | 나의 경비 생활

돋아나고 나뭇가지에는 초록색이 완연하다.

이 아파트는 고양시 변두리 지역으로 비교적 넓은 대지 위에 건물 사이가 넓고 화단도 넓으며 나무들이 많이 심겨 있다. 남들에게는 넓고 시원한 환경이라 할 수 있겠으나 우리 경비들에게는 이것이 곧 일거리이다.

봄 일찍 시작되는 작업 중의 하나가 전지 작업이다. 커다란 가위로 나뭇가지를 가지런히 정지하여 보기 좋게 하는 작업으로 기술이 필요한 작업이다. 나는 이런 일을 해본 적이 없어 관리실의 영선 담당자가 전지 작업을 하면 나는 뒷정리 등 보조 일을 한다. 그런데 중요한 것은 영선 담당자는 관리실 직원으로 우리 경비들보다는 한 단계 높은 위치에 있는 사람으로 여겨진다. 시키면 시키는 대로 무조건 따라야 하며 경비는 생각을 얘기하기도 어렵고 얘기해도 먹히지도 않는다.

경비 생활을 하다 보니 가끔 택배 기사와 말다툼이 발생한다. 서로가 힘들고 어려운 직업이니만큼 생각해주고 배려하면 좋으련마는 실상은 그러하지 아니하다.

우리 경비실에 하루에 맡겨지는 택배의 개수는 앞에서도 얘기했지만 보통 40여 개 정도이다. 추석이나 설날 같은 경우에는 택배 때문에 며칠 동안은 경비실에서 생활하기가 힘들다고들 한다.

택배 기사와 경비와의 다툼 발단은 대개 택배 기사의 얌체 행동에서 시작된다. 특히 20kg 이상 되는 물품들의 배달은 택배 기사들이 입주민의 부재 확인보다는 먼저 경비실로 가져와 이런저런 방법으로 맡기려 하지만 경비는 인터폰 확인 등을 통해 집에 사람의 있는 것을 확인하게 되면 택배 기사를 탓하게 되고 경비실로 가져왔던 택배는 다시 해당 입주민의 집으로 배달되게 된다.

초여름 더위가 시작되던 일요일이다. 저녁 무렵 분리수거장에서 한창 작업 중인 나를 누가 불렀다. 오십 대 초반의 낯은 익지 않은데 친숙한 듯 말을 걸어온다. 여기 11동 입주민인데 혹시 집사람이 경비실에 자동차 열쇠를 맡겨 놓지 않았느냐고 묻는다. 나는 그런 사실이 없다고 말하며 다시 생각해 보아도 도저히 이 남자가 누구인지 감이 잡히지 않는다.

"집사람이 장모님과 같이 화정에 갔다가 교통사고를 당해서 지금 병원 응급실에 있다는 연락이 왔는데 집사람이 나올 때에 자동차 열쇠를 경비실에 맡겼다고 하네요. 정신이 없어 지갑도 어디 놓았는지 찾을 수도 없고 미안하지만 택시비 만원만 빌려주시면 밤에는 집사람이나 내가 집에 다녀갈 테니 그때 드릴게요 미안합니다." 나는 그 남자의 사정이 다급한데 돈 만원 빌려주면서 이것저것 확인할 수도 없어 만원을 내주면서 참 안되었다고 생각했다. 만원을 받아든 그 남자는 이내 사라졌다. 그리고는 다시는 나타나지 않았다.

"정말이지 나 같은 놈을 등쳐 먹는 놈도 있구나." 헛웃음이 절로 나온다.

오늘도 아침부터 후덥지근하더니 9시를 넘어서자 슬슬 달아오르기 시작한다. 우리 경비실의 화단 관리 면적은 4개 동을 합치면 상당한 넓이다. 이를 반씩 나누어 교대자와 하기로 했다.

다른 경비실에 서는 작업량의 배분 때문에 다툼도 있었던 모양이다. 본래 먹을 것은 내 것이 작아 보이고 일은 내 것이 많아 보인다고 하지 않던가? 나는 20대 초반 시골에서 소 풀을 베어 먹였던 경험이 좀 있어 그런대로 해낼 수 있을 것 같았다.

11시가 되니 아직 시작한 지 얼마 되지 않았는데 땀이 옷을 흠뻑 적시고 헉헉 소리가 절로 난다. 견디다 못해 경비실 맞은편의 가게에서 2리터 콜라 한 병을 사서 냉장고에 넣고 마셨는데 3시가 조금 못 되어 콜라는 한 방울도 남지 않았다.

경비 일을 시작한 지도 몇 달이 지났다. 모든 게 달라졌지만 그중 첫째를 꼽으면 몸무게였다. 젊었을 때는 60kg 전후였던 체중이 경비일 시작 직전에는 85kg까지 나갔다. 그러던 것이 침대 밑에 있던 체중계에 올라서니 바늘이 72kg를 가리킨다. 몇 개월 사이 13kg이나 줄었다.

내가 출퇴근하는 지하철역 중에 계단이 제일 많은 역이 경복궁역인데 처음에는 앉지는 않았지만 잠시 멈추어 서서 숨을 고르고 계단을 올랐었는데 지금은 한번에 가뿐하게 오를 수 있게 되었다.

두 번째는 잠을 자는 버릇이다. 전에는 어차피 실업자였으니 자고 일어나는 시간에 무신경했고 마음 내키는 대로 자고 또 일어고 하였다. 그러나 지금의 잠자는 시간은 극한의 상황이다. 근무일 밤은 경비실 바닥에 박스 한두 겹 깔아놓고 누우면 3시 반경에 눈이 떠진다. 재수 없는 날은 시도 때도 없이 경비실 문을 두드려 대는 바람에 잠을 완전히 설치는 때도 있다.

아침 6시 반에 일을 마치고 교대를 하면 마을버스와 지하선 3호선을 걸쳐 경복궁역 앞에서 272번 버스를 타면 출근 시간 때이지만 이때부터는 버스가 외곽으로 빠지는 형국이 되어 운이 좋으면 한두 정거장만에 자리를 차지한다. 처음 며칠은 괜찮았으나 얼마 되지 않아 버스 안에서 자리를 잡으면 이내 졸고 있는 경우가 일상이 되어 버렸다.

집에 도착하면 8시 반이다. 이것저것으로 대충 아침을 때우고 이내 잠에 떨어지고 깨어나면 보통 12시 반이다. 점심은 거르고 4시경 다시 준비하여 저녁을 먹고 늦어도 6시에는 다시 잠자리에 들어야 한다. 그리고 새벽 3시이면 일어나야 하는 그야말로 고달픈 생활이 다람쥐 쳇바퀴 돌듯 계속되고 있는 것이다.

어느 사이 가을이 다가오고 있는 것 같다. 불어오는 바람이 한결 시원하다. 경비 첫해라 휴가도 못 가고 꼼짝없이 일에 매달려 시간을 보냈는데 달력에 붉은 숫자가 연달아 있는 것이 눈에 띈다. 추석이라야 나에게는 쓸쓸함과 서글픔만이 더해질 뿐일 터인데 한 가지 작은 바람은 추석에는 잘하면 도시락 정도는 싸 가지 않아도 되지 않을까 하는 막연한 기대감이다.

드디어 추석날 나는 용감하게도 도시락을 싸지 않고 출근했다. 아무리 서민아파트라도 송편과 전 정도는 얻어먹을 수 있지 않을까 하는 기대감이다. 점심때가 가까워진다.

"이것 좀 드셔보세요" 하며 작은 송편이 담긴 접시와 작은 전 접시 하나. 그러나 1시가 넘어 2시가 되면서 작은 기대는 무너지고 배에서는 쪼르륵 소리만 더 크게 들린다. 괜히 혼자서 지레 상상을 하고 기대에 부풀었던 거였다. 3시가 조금 넘어 경비실에서 좀 떨어진 곳에 있는 김밥집이 문을 열어 김밥 두 줄로 쓸쓸한 추석을 보내고 있다.

김밥을 먹고 다른 경비실에 들러보니 그들은 내가 도시락을 안 가져왔으리라고는 전혀 생각을 않은 듯 집에서 가져온 푸짐한 도시락으로 점심을 먹은 후였다. 하기야 그들은 나처럼 혼자 살지도 않지만 이곳에서 명절을 여러 번 보냈을 테니까 상황을 잘 알고 있었을 것이다.

추석이 지난 얼마 후 오후 3시경 지하주차장에서 담배꽁초를 쓸어 모아 계단을 통해 지상주차장으로 올라왔는데 찌지직 찌지직 하고 이상한 소리가 들린다. 살펴보니 입구 지상주차장에 세워둔 견인차 뒷부분 배터리에 연결된 전선에서 불꽃이 튀고 있다.

길이 1m 남짓한 배터리에 연결된 굵은 선에서 15㎝ 정도 크기의 불꽃이 타오르고 있었다. 나는 본능적으로 무전기를 통해 실제 실황의 차량 화재 발생을 알리고 전화기로 119에 신고하면서 발길은 경비실로 뛰고 있었다.

초기라 소화기 진화가 가능할 것이라는 판단에서였다. 신고를 받은 119는 전화를 끊지 말라며 계속 상황을 물어오고 있었다. 그 정황 속에서도 나는 침착하게 대답하며 화재 장소에 소화기를 들고 도착한 후 분말 소화기를 분사했다. 한 1분 정도에 소화기에 있던 분말은 모두 분사되고 불꽃도 잡혔다.

이때 정문에는 한 대의 지휘 차와 두 대의 소방차가 도착하였고 그들은 내가 뿌렸던 소화기 분말 위에 다시 한번 분사한 후 불이 붙었던 굵은 전선 2개를 차에서 떼어낸다.

어느새 경찰차도 도착해 있었다. 나는 소방차에 다가가 신고자임을 말하고 별일도 아닌데 큰일 난 것처럼 신고한 것 같아 무안해하고 있었으나 소방관은 정말 수고하시었고 큰불이 날 뻔한 것을 신속하게 대처하여 주서서 정말 고맙다는 말을 몇 번이나 되풀이다.

이에 나는 겸연쩍어 112에는 신고를 안 했는데 하였더니 듣고 있던 경찰관이 "119에 신고가 되면 저희들은 자동으로 출동하게 되어 있습니다."라고 한다.

이렇게 하여 화재 사건이 끝이 나는가 했더니 씁쓸한 애기가 들려온다. 우선 화재 차량의 주인은 직접 애기는 없었지만 고맙다는 애기는커녕 옷 등으로 덮어서 껐으면 되었을 텐데 소화기를 뿌려 새 차인데 도색비가 들어가게 생겼다는 것이고 관리실에서는 내가 너무 당황해서 말소리를 잘 알아들을 수 없었다며 칭찬은커녕 핀잔이 돌아왔다. 또한 사용한 소화기는 교체해 주지 않아 경비실 한쪽에 처박아 두었으나 씁쓸함은 어찌할 수 없었다.

그 일로부터 일주일쯤 뒤에 관리실에서 호출이 왔다. 관리실에는 소장이 와 있었고 소장은 그날 차량 화재 건에 대하여 나에게 자세히 물었다. 나는 사실 그대로 순서에 따라 설명해 드렸더니 소장은 기전과장을 향해 약간 높은 목소리로 나무라기 시작했다. 이렇게 소방차까지 출동한 중요한 일을 왜 보고하지 않았느냐는 것과 경비 대원이 침착하게 대처하여 큰 화재를 막았으면 경비의 교육을 담당한 당신에게도 나쁠 것이 없지 않았느냐는 것과 처음부터 크게 일어나는 화재가 얼마나 되겠으며 그날 화재 당시에 그 주차장에 수십 대가 주차되어 있었으니 이야말로 대형 화재가 될 수 있었던 것이 아니었느냐며 즉시 경비원의 의사를 물어 공로 휴가를 실시토록 지시하였다.

　다음 날 소화기는 새것으로 교체되었고 나는 내가 선택한 날짜에 휴가를 받아 고향을 다녀왔다. 공로 휴가를 마치고 출근한 날 아침 11동 대표 아줌마가 경비실로 찾아와 나를 찾는다. 그리고는 "아저씨 요기 정문 앞에 세워두었던 오피러스 승용차 아저씨가 견인하라고 신고했어요." 하고 다그친다. "아니 대표님 차가 견인됐어요?" 하고 되묻자 육칠 십년대 유한 마담 같은 동 대표 아줌마는 "글쎄, 차 댈 데가 마땅치 않아 여기에 대어 놓았더니 견인해 갔네요. 이건 누가 신고하지 않으면 있을 수 없는 일이에요" 이어서 동 대표 아줌마는 "아저씨가 아니면 분명히 교대하는 아저씨가 신고했을 거예요. 그 아저씨 나한테 감정이 많은 사람이에요. 근무도 불성실하고 낮에는 빈둥거리고 밤이 좀 늦으면 슬쩍 빠져나가 술이나 마시고 모를 것 같지만 다 알아요. 소장한테 말해서 자르든지 아니면 다른 데로 보내라고 해야지. 경비들이 통 말을 안 들어 처먹어서." 하고 다그쳤다.

　여기 아파드는 15평, 17평, 21평 등 3종류가 있는데 11동 대표 아줌마가 살고 있는 동은 17평형의 임대로 보증금 2천만원에 월 임대료 20만원가량이라고 한다. 비교적 저렴한 편이어서 임대 조건이 까다롭고 재산은 일정액 이상 또, 자동차도 그 임대

조건에 해당이 된다는데, 동 대표 아줌마는 자동차가 오피러스 한 대, 그렌져 한 대로 자가용 두 대를 굴리고 있다. 모두 조건에 위반될 것 같은데 잘살고 있다.

10월 하순부터 떨어지는 낙엽은 경비들에게는 많은 시간을 들여야 하는 일거리이다. 10월 하순부터 11월까지는 낙엽을 쓸고 돌아서면 또 쌓여 있다. 내가 담당하는 구역에서만도 쓸어내는 낙엽이 하루에 재활용품 수거 처에서 PVC. 비닐 등을 수거하기 위해 제공하는 포대 다섯 개 분량 정도된다.

낙엽을 쓸어 담아도 그 자리에 또 떨어지기는 하지마는 그렇다고 쓸지 않을 수도 없다. 그런데 문제는 낙엽이 거의 떨어진 12월에 일어났다. 한 명의 경비가 하루에도 몇 포대씩 쓸어 담아 쌓아놓은 낙엽이 단지 내 한쪽에 수백 포대가 되었다.

그런데 이 쌓여 있는 낙엽 포대의 처리를 민간 업자에게 맡기면 그 처리 비용만 만만치 않다고 한다. 비용 때문에 쓰레기를 처리할 종량제 봉투도 주지 않는 관리사무소에서 이런 낙엽의 처리 비용을 부담할 리가 없다.

다른 한 가지 방법은 구청에서 수거하여 처리하는 방법인데 이는 당초에 떨어진 낙엽을 투명 비닐 포대에 담아 낙엽에 담배 꽁초 등 잡쓰레기가 섞여 있는지를 볼 수 있게 하여야 한다고 한다.

그래도 처리 비용 때문인지 관리사무소에서 구청에 낙엽을 처리하여 주도록 신청하였는데 낙엽이 일반 재활용 포대에 담겨 있자 구청에서는 수거 전 낙엽 포대 내에 일반 쓰레기가 섞여 있는지의 여부를 무작위 샘플 검사를 통하여 합격하여야만 수거하겠다고 한다.

구청에서 나온 직원과 함께 쌓여 있는 수백 개의 포대 중 무작위로 20여 개의 포대를 개봉하여 검사를 하니 담배꽁초와 일반 쓰레기가 섞여 나온다. 당연히 불합격이다. 낙엽을 이렇게 처리할 계획이었으면 진작에 구청에 협조를 구하고 우리 경비들을 교육시켜 투명 비닐에 담게 하였으면 낙엽 처리에 별다른 문제가 없었을 터인데 이렇게 검사에 불합격을 하고 나니 고스란히 경비들의 일거리이다.

삼백여 개의 포대를 차례로 바닥에 쏟아붓고 쓰레기와 담배꽁초 등을 골라낸 뒤 다시 포대에 담는 작업이다. 그렇다고 경비들에게 주어진 다른 일들을 등한시할 수도 없다. 이 작업을 위해 관리실에서 경비들에게 해준 것은 하루 세 차례의 순찰 중 점심때의 순찰을 하지 않아도 된다는 단 한 가지였다. 우리 경비들은 이 일에 모두 6일간을 매달렸다. 한 조에서 3일씩 군더더기 일을 한 것이다. 그런데 관리실에서는 경비들에게 미안한 기색은 전혀 없이 계속해서 다른 일을 다그치기만 한다.

초겨울이다. 해가 진 뒤의 바람은 제법 쌀쌀하다. 나는 집에

서 싸서 오는 도시락으로 점심과 저녁을 해결하고 있는데 새
벽 3시경에 아침을 먹고 4시면 집에서 나와 두 시간의 출근길
그리고 6시 30분부터 일을 시작하여 낮 12시 점심시간쯤이 되
면 항상 허기가 느껴지기 마련이다. 아홉 시간 만에 먹는 점심
은 항상 꿀맛 그 자체이다. 혼자서 생활하고 가끔 딸이 반찬을
해오기는 하지만 그래도 주로 내가 직접 만드는 반찬이요 내가
싸는 도시락이니 별것이 아니지마는 우리말에 시장이 반찬이라
고 정말 그렇게 느껴진다.

　점심 후 오후 시간의 일을 마치고 저녁 6시에 먹는 도시락도
역시 별미이다. 아마도 아침 먹고 점심때까지의 긴 시간의 파장
이 저녁 도시락에까지 미치는가 보다. 저녁을 먹고 하는 일은
주로 분리수거장 정리와 주차관리 그리고 한 차례의 순찰인데
9시가 지나면 다시 출출해진다. 10시가 넘으면 가끔 몰래 술을
먹는 경비들이 있다는데 아마 이들도 이런 저녁의 출출함이 한
몫했을 거라는 생각을 해본다.

　이런 어느 날 밤 10시경 중년의 입주민 아주머니가 종이 봉
지 하나를 내밀며 출출하실 텐데 드시라고 한다. 나는 주저 없
이 그 봉지를 받아들고 잘 먹겠다고 인사를 하고 경비실로 들
어왔다.

　봉지 속에는 붕어빵이 몇 개 들어 있었는데 어째 차가운 느낌
이 든다. 한 개를 꺼내 입에 가져가려다 멈칫해진다. 붕어빵의

부드러움은 느끼지 못하겠고 좀 굳은 것이 시간이 꽤 지난 것 같은 느낌이 든다. 거기에다 몇 개 중 한 개는 붕어가 반 마리다.

계절이 초겨울이라 상하지는 않았겠지만 그래도 먹으려던 생각은 싹 사라진다. 그리고 나 자신에 관한 자괴감이 심하게 밀려온다. 내가 어떻게 하다가 이런 거지 취급을 당하는 꼴이 되었을까? 경비도 근로자다 뭐 이런 자긍심 따위는 이런 순간에는 더할 나위 없이 사치스러운 말이다. 그 입주민 아주머니가 어떻게 생각했건 내가 불쌍해 보이니까 이런 것이라도 준 것이 아닌가. 그렇다면 내가 거지와 다를 게 무엇이 있는가? 앞으로는 이런 일은 없으면 좋을 텐데. 어찌 되었든 오늘 저녁은 나에게는 슬픈 날이다.

이 아파트는 임대 아파트라서 그런지 연 2회 각 세대에 확인하는 사항이 있는데 이도 경비의 일거리이다. 첫날은 확인 사항 및 서명 등에 관하여 관리실에서 교육을 받고 교대 근무자와 반으로 나누어 확인 용지에 서명을 받는 작업에 들어갔다. 내가 확인서에 서명을 받아야 할 세대는 170세대이고 열흘 정도의 기간 내에 확인 절차를 마치고 서면으로 받은 확인서를 관리실에 제출해야 한다. 평일에는 비어 있는 집이 많고 또 오전 10시 이전과 오후 8시 이후에는 세대 방문이 금지되어 있어 확인 작업은 토요일과 일요일에 주로 실시된다.

오늘은 마감이 얼마 남지 않은 일요일이라 확인서를 받지 못한 세대를 방문하여 확인서를 받아야 한다. 4경비실에 근무하는 동료와 확인서 받는 얘기를 나누다 10시가 조금 넘어 4경비실 동료는 12동으로 나는 내 구역인 2동에서 세대 방문을 시작했다. 2동은 복도형에 한 층이 7세대로 12층부터 내려오면서 각세대를 방문하는 식으로 진행하는데 한 개 동을 모두 돌면 약두 시간이 소요된다. 부지런히 돌았지만 확인 실적은 별로였다. 오후에는 13동을 돌 계획이었고 그렇게 했다. 이런 작업을 한다고 해서 마냥 그 일에 매달릴 수만은 없다.

쏟아져 나오는 재활용품의 정리, 수시로 발생하는 민원성의 급한 일들은 그때그때 수시로 처리해야 한다. 그래서 이런 날은 훨씬 더 바쁘기 마련이다. 다만 오늘 같은 일요일은 관리사무소의 호출이 적고 택배가 없다는 것이 일하기에는 좋은 점이다.

저녁 8시까지 할당 세대의 85%가량의 확인을 받았다. 다음 근무일에 우리 네 명은 전날 받은 확인서 용지를 가지고 관리실 탁자에 둘러앉았다. 기전과장은 실적을 체크하더니 이번 주말까지 일을 끝내야 한다며 조회를 끝내고 나 보고는 그냥 남아 있으라 한다.

잠시 후 기전과장은 엊그제 일요일 확인서 세대 방문 시 2동에서 무슨 일이 있었느냐고 묻기에 기억이 나는 특별한 일은 없었다고 하자 기전과장은 말투가 대화 방식이 아닌 죄인을 취조

하는 듯한 방식으로 변한다. 별일이 없었는데 민원이 들어오느냐며 나를 다그친다. 나는 무슨 내용인지 알아야 대답을 할 것이 아니냐며 맞서자 기전과장은 민원 내용을 얘기하는데 일요일 오전 7시 반경 2동 입주민 남자가 샤워를 하고 있는데 벨이 울려서 누구냐고 물었더니 경비인데 임대 사실 확인 때문에 왔으니 문을 열어 달라고 하더란다. 그래서 목욕 중이라 했더니 벨을 세 번이나 더 누르고 사라졌다는 것이다.

여기서 민원이 제기된 문제는 경비가 너무 일찍 세대를 방문했고 목욕 중이라고 말을 하였는데도 벨을 세 번이나 더 눌렀다는 것이다. 이 민원은 2동 입주민 남자가 어제 관리실에 직접 찾아와서 제기했다는 것이다. 잠시 듣고 있던 나는 나로서는 도저히 이해할 수 없는 얘기며 이 사안은 내가 그 상황을 근거를 포함해서 얘기할 수 있고 7시 30분의 세대 방문은 근무일지 말고도 알리바이가 있다고 말한 뒤 그 남자는 나에게 어떠한 억한 마음이 있었는지는 모르겠지만 나는 지금까지 그 남자와 한 번도 부딪친 적도 없고 얘기를 해 본 적도 없다며 확인서 조사 때의 상황을 상세히 설명했다.

확인서 조사 작업은 10시 5분경부터 4경비실 근무자와 같은 시간에 시작했고 12층부터 각 세대 방문을 시작했으니 그 남자 집 방문 시간은 10시 30분에서 40분쯤이 되었을 것이고 방문 때 샤워 중이란 말은 들은 적이 있으며 그때 "나는 알겠습니다."

라고 말한 뒤 바로 옆집으로 옮겼으며 또 7시 30분경에는 13동 주차장 쪽에서 청소를 하고 있었고 이 모든 것은 CCTV를 통해서도 알 수 있을 것이라고 순서에 맞게 설명했다.

이번 일로 씁쓸한 것은 기전과장의 태도였다. 민원이라는 이유를 들어 자초지종을 알기도 전에 무슨 죄라도 지은 것처럼 다그치고 입주민에게 큰 잘못이라도 한 일인냥 몰아붙이는 방식이다.

나는 내 얘기를 듣고 있던 관리실 민원처리부 기록을 담당하는 사람에게도 부탁했다. 이번 건은 '해당 경비에게 주의 촉구' 등으로 기록하지 말고 민원 자체가 사실과 다르다는 뜻의 기록을 남겨 달라고 기전과장이 들으라는 듯이 말을 남기고 관리실을 나왔다.

올해는 눈이 자주 내린다. 우리 경비들에게 눈 치우기는 겨울의 중요한 일거리이다. 12월 초부터 많은 눈이 내린다. 수차례에 거처 이야기를 했듯이 이곳의 아파트는 도심의 변두리여서 그런지 아파트 부지가 서울에 비해 훨씬 더 넓다. 단지 내의 도로도 많고 주차장 등을 비롯한 공터도 넓어 그만큼 눈을 치울 곳이 넓다. 오늘 내리는 눈은 저녁 무렵부터 시작하여 일고여덟 시가 되자 본격적으로 내리기 시작한다. 내리는 눈을 치우는 데도 나름대로 순서가 있다. 우선 출입문 쪽부터 시작하여 비탈진 길과 그리고 차량이 다니는 길 중 경사진 곳 그리고 인도, 다음이 광장이다.

눈을 치우는 장비라야 눈 가래와 플라스틱 마당비가 전부이다. 쓸어 모으거나 치우는 눈도 모으고 치우는 장소가 있는데 이곳에서 눈치는 일이 처음이지마는 그래도 대충 감이 잡힌다. 우선 현관과 계단이나 비탈진 곳의 눈을 먼저 치우고 미끄럼 방지용 카펫을 단단하게 깔아서 밀리지 않게 고정하고 때에 따라서는 염화칼슘을 살짝 뿌려 놓는다.

눈이 시작할 때 제설 작업도 같이 시작하였는데 일곱 시가 넘어 눈발이 굵어지자 다시 눈을 어떻게 쳐 나가야 할지 모르겠다. 어찌 되었든 쉴 틈은 없고 몸은 땀에 젖었는데 눈을 치운 자리는 보이지 않는다. 아홉 시가 넘자 다행히 눈은 잦아들어 소강상태를 보인다.

지금까지 치웠던 눈은 생각지 말고 다시 출입 계단과 비탈진 곳부터 다시 시작한다. 뿌려 두었던 염화칼슘 때문에 눈이 녹아드는 곳도 있다. 입주민이 자주 다니는 길과 쓰레기장 가는 길 등은 치우고 큰길을 따라서 낸 단지 내의 인도와 차량의 진입로 등을 다시 치우고 나니 11시가 넘었다. 완전 기진맥진이다. 그렇다고 다른 일을 미루어 놓을 수도 없다. 분리수거장을 손보아 놓아야 넘치지 않을 것이고 일지를 쓰기 위해서는 차량 점검도 해야 한다.

또한 땀에 젖은 옷들도 갈아입어야 하겠지만 여기는 그렇게 하지도 못한다. 경비실에는 더운물이 나오지 않는다. 그냥 얼지 않도록 화장실에 소형 라디에이터가 있을 뿐이다. 찬물에 씻을 수도 없어 수건을 적시어 라디에이터에 잠시 올려놓았다가 대충 닦고 잠자리에 들었는데 피곤해서 그런지 잠은 오지 않고 그냥 뒤척이게만 된다.

12월 말 관리실에서 우리와 같은 조로 일을 하던 주임이 일을 그만두고 새로운 직원이 우리와 같은 조로 관리실 일을 하게 되었다. 관리실의 주임 자리는 기전과장의 지시를 발로 뛰며 확인하는 사람이기도 하다.

12월에도 벌써 두세 차례 꽤 많은 양의 눈이 내렸고 눈이 내릴 때마다 눈 치우기가 이루어졌다. 다음 해에도 눈은 자주 내렸다. 그런데 이상하게도 오후 4시경에 내리기 시작하여 8시경에 절정을 이루고 9시경부터는 소강상태에 들어 잠자기 직전까지 눈을 치워야 했다.

1월 중순, 오늘도 오후 3시경이 되자 눈발이 날리기 시작한다. 나는 눈 치울 준비를 마치고 저녁을 먹기 전 각 동의 출입문에 카펫을 깔아 놓고 아예 저녁을 먹고 눈을 치울 작정이었다. 저녁을 먹자마자 본격적으로 시작한 눈 치우기는 오늘도 다른 날과 비슷하게 진행된다. 또 오늘 내리는 눈도 9시가 되자 잦아들기 시작했다.

오늘도 모든 힘을 다해 제설 작업이 마무리되어 갈 무렵 우리와 같은 조에서 일을 하는 주임에게서 무전 연락이 왔다. 일을 어지간히 마치신 대원은 관리사무실로 오라는 연락이다. 나도 눈 치우기를 거의 마쳤기에 경비실로 돌아가 수건으로 대충 몸을 닦고는 관리실로 향했다. 관리실에는 벌써 두 명의 동료가 와 있었고 내가 들어가고 곧이어 나머지 동료가 도착했다.

관리실 안에서는 가스레인지 위의 커다란 양은 솥 안에서 벌써 라면이 끓고 있고 거기에다 맛있게 보이는 김치까지 놓여 있었다. 새로 온 주임이 우리가 일을 마칠 때에 맞추어 충분한 양의 라면을 끓이고 김치까지 준비해 놓은 것이다. 지금까지 수많은 라면을 시도 때도 없이 먹어 왔지만 이날의 라면은 정말이지 꿀맛 그 자체였다. 물론 도시락으로 저녁을 대충 때우고 상당한 에너지가 소요되는 일을 하여 출출한데 이렇게 우리 경비들을 위해서 비록 라면이지만 배려를 해주는 그 마음이 훨씬 더 고마웠고 맛도 있었던 것 같다.

나는 평생 처음 경비 일을 직업으로 하여 이렇게 한 해를 보내고 있었다.

| 1부 | 나의 경비 생활

경비 신임 교육

올해는 설이 늦어 2월 중순이다. 1월 중순쯤 반장은 경비업법이 바뀌어 모든 경비원은 신임 교육이란 걸 받아야 한다고 한다. 이 교육은 전에도 받게 되어 있었지만, 그냥 흐지부지 넘어갔었는데 지난 12월 법이 개정되면서 앞으로는 경비를 할 사람은 누구나 이 신임 교육을 받아야 한다며 기간은 3일인데 지정된 장소에서 받되 근무일 외의 시간에만 받을 수 있다는 것이다.

  이튿날 반장은 본사에서 연락이 왔다며 교육 장소와 시기를 선택하여 알려 달라고 한다. "이까짓 경비 나는 오래 할 것도 아닌데 그냥 안 받고 말래." 하고 큰소리는 쳤지만 먹고살기 위해서는 당분간은 경비 일을 계속할 수밖에 없다. 결국 우리 조 4명은 2월 초 상왕십리 교육 장소에서 3일간 교육을 받기로 하고 반장이 본사에 알렸다.

첫째 날 교육은 9시부터 시작되었다. 나는 교육 첫날 아침 근무 교대를 마치고 상왕십리로 향하여 라면 한 그릇으로 아침을 때운 후 교육에 임하는 수밖에 없었다. 동료 세 명은 집이 근무 아파트 부근이어서 집에 들러서 온다고 했다. 교육장 안에서 잠시 기다리니 동료들이 나타났다.

우리는 강의실의 약간 앞쪽 오른편에 자리를 잡고 교육을 마칠 때까지 그곳을 우리의 아지트로 사용할 작정이었다. 계속 근무하고 쪽잠을 자고 이어서 받는 교육은 교육 울렁증이 있는 우리들에게는 어지간히 힘든 일이었다.

저녁 다섯 시 교육을 마친 우리 네 명은 누구도 선뜻 집으로 갈 생각은 못 하고 둘러섰다. "왕십리는 곱창이 제일이지." 주변에서 곱창집을 찾았으나 마땅한 곳을 찾지 못하고 한쪽 녘에 있는 감자탕집으로 들어갔다. "오늘은 간단히 한잔하고 내일 모래 교육을 마치고 제대로 한잔하자구." 이렇게 헤어져 집에 돌아와 누우니 격한 피로가 몰려온다. 다음 날 세 시에는 일어나야 하는데… 일단은 알람을 맞추어 놓고 그냥 잠이 들었다.

교육 두 번째 날이다. 우리가 강사들의 수준을 평가한다는 게 쉽지 않은데 강의를 듣는 동료 경비원의 절반은 꿈나라다. 조용히 자면 그래도 괜찮겠지만 여기저기서 코 고는 소리마저 들린다. 강의 도중 한 강사가 경비지도사에 관한 얘기를 한다.

왠지 가슴에 와닿는다. 이왕 경비 생활을 할 거라면 한번 도전해 보는 것도 괜찮겠다는 생각이 깊이 들어온다.

드디어 교육 마지막 날. 오늘은 교육이 끝나기도 하지만 교육생들에게는 큰 부담을 주는 평가가 있는 날이다. 많은 문제의 답을 거의 알려 주고 치르는 시험인데도 여기저기서 웅성거리는 소리가 들리고 몇몇 사람들은 당황한 듯 어쩔 줄 몰라 한다.

우리 네 명은 차분히 정리하여 평가지를 제출한 뒤 교육 이수증을 받아 들고 본격적으로 한잔하기 위해 거리로 나왔다. 술집도 취향과 형편에 따라 달라지겠지만 결국 우리는 우리 형편에 맞는 한 집을 골라 잡탕찌개에 막걸리 몇 병을 시켜 놓고 술잔을 비우기 시작했다. 모두들 말은 안 했지만 그 평가 시험이 은근히 부담되었던지 우리들 대화는 평가 시험에 모이고 있었다.

이제 설날이 며칠 남지 않았다. 나는 설 때까지만 여기서 일하고 설 이후에는 가까운 곳에 일자리를 찾아야겠다고 생각하고 있지마는 지난번 강의 시간에 들었던 경비지도사 얘기는 이미 나의 한 목표가 되어있었다.

설이 지나자 나는 곧 사표를 냈다. 경비가 그 일을 그만두는 것은 사표라는 말이 부끄러울 정도로 다른 이들에게는 관심이 없다. 그래도 우리 동료들은 섭섭하다며 바로 송별 회식을 준비했고 이것이 이 아파트의 처음 경비 송별회식이라 한다.

나는 처음 경비 생활의 일 년을 보내며 내 생에 처음으로 겪어보는 일들이 많았다. 우선은 포기해야 하는 것들이 많다는 것이다. 소위 말하는 자존심은 물론 내가 요구하고 말할 수 있는 것들. 그리고 사람으로 동등하게 대우받을 권리 등 모든 것을 자기가 근무하는 아파트 내에서는 포기하여야만 한다. 그냥 그들의 심부름꾼이요, 행랑채 할아범 정도이고 좀 심하게 말하면 아랫것이라고 하면 모든 것이 편해진다.

그런데 아무런 자격도 권리도 없이 누리는 자들은 이런 사실은 아랑곳하지 않고 그냥 당연한 일상으로 치부한다. 물론 개중에는 고마워하고 미안해하고 하는 이들도 상당수 있기는 하지마는. 나는 여기서 또 하나의 삶을 배워가고 있는지도 모른다.

두 번째 일터

경비 생활을 한 지도 어느 사이 1년이 되었다. 먹고살기 위해서 아무것도 모르고 시작하여 왕복 4시간의 거리를 공로 휴가 하루를 빼고는 쉼 없이 다니며 어지간하면 가까운 곳에 일자리를 찾아야 하겠다고 작정하고 1년 만에 그만두었지만 며칠이 되지도 않았는데 불안해지며 무슨 일거리라도 찾아야 한다는 강박관념이 몰려온다.

　이력서를 정성껏 작성하여 직업소개소를 통해 소개를 받은 곳이 내가 사는 곳에서 멀지 않은 좀 오래된 아파트 경비원 일자리이다. 이력서와 요구하지도 않은 자기소개서를 작성하여 면접을 위해 관리사무소를 찾아가기 전에 경비반장에게 들렀다. 허름한 경비실에 앉아 있던 반장은 나를 흘끔 쳐다본 후 나의 이력서를 훑어보고는 따라 오라고 한다.

반장은 관리사무소에 도착한 후 먼저 들어갔다가 나와서 나를 들여보냈다. 소장은 나를 쳐다보고 이력서와 자기소개서를 보고 하더니 고개를 갸웃거린다. 무언가 마음에 들지 아니한다는 표정이 드러나 보인다. 내일까지 연락을 할 테니 연락이 있으면 출근하라고 얘기한다. 이 말은 내일까지 연락이 가지 않으면 탈락한 것이란 뜻도 포함되어 있다. 그런데 다음 날이 되어도 아무런 연락이 오지 않는다.

정말이지 내 인생이 이제는 경비 면접에서도 떨어지는구나 하는 참담한 생각과 함께 하루가 더 지난 날 오전. 경비반장에게서 연락이 왔다. 내일부터 6시까지 101동 경비실로 출근하는데 머리 염색하고 면도도 말끔히 하여 깔끔한 용모로 근무할 수 있도록 하라는 것이다. 시키는 대로 이발과 염색을 하고 다음 날 첫 출근을 하였다.

교대 근무자는 기다리고 있었다. 교대 근무자로부터 근무 요령들을 설명 듣고 우선 동 주변 청소부터 한 뒤 아침 경비 점호 시간이 다 된 것 같아 집합 장소로 가니 13명의 우리 조 근무 경비가 정렬하여 있다.

내가 도착하자 반장은 101동 새로 온 경비라고 소개한 후 경비점호가 시작된다. 경비들은 2열 횡대로 정렬하여 반장에게 경례를 하고 반장은 훈시 조로 몇 가지를 지시한 후 거수경례를 받고 해산을 명한다. 해산한 경비원은 일지를 챙겨 한명씩 반장에게 일지 결재를 받은 후 자기 경비실로 돌아간다.

경비실로 돌아오니 경비복을 입지 않은 한 남자가 경비실 안에서 무엇인가를 정리하며 챙기고 있었다. 나는 다급히 경비실에 들어와 누구냐고 묻자 그는 나를 보더니 새로 온 경비냐고 묻고는 자기는 엊그제까지 이곳에서 경비로 근무했었다며 나를 다시 한번 쳐다본다. 나도 그를 다시 보니 얼굴이 낯설지 않다. 순간 거의 동시에 아니 당신은….

오늘 거의 50년 만에 만나는 강원도 산골의 같은 고향이자 시골 중학교의 1년 선배이고 또 시골을 떠나 그 당시는 많지 않았던 소위 유학을 하여 진학한 학교도 1년 선배인 사람이다. 이 선배는 공부도 잘하고 특히 운동을 잘하여 중학교 때는 중학교 군 대표 골키퍼로 지역에서는 꽤 이름이 있던 선배였다. 그 후에 고등학교를 나와 지방 대학을 다니고 모 지방신문사의 편집국에서 일을 한 것으로 알고 있었는데 이런 선배가 지금은 경비 생활을 하고 있었다니 사람의 인생이란 정말 알 수가 없는 것인가 보다.

그 선배도 내가 경비 생활을 하고 있다는 사실에 많이 놀라는 눈치였다. 그 선배의 눈에는 내가 상당히 유망하게 보였을 것이다. 시골 중학교에서 우리가 다닌 고등학교로 진학한 학생은 이 선배와 또 다른 선배 그리고 나 이렇게 3명이 전부였다.

그 3명 중에서 학년은 내가 1년 아래지마는 학교 성적에서는 내가 좀 앞서고 있었고 졸업 후 두 선배는 그곳의 지방 대학에 진학하였고 나는 1년의 재수 후에 다른 곳의 대학에 진학했었다. 우리는 대학 때에 몇 번 만나 여러 얘기를 나누며 서로의 장래를 격려했었던 것 같다.

이곳 경비실에서 만난 선배와 나는 한참 동안 서로 어색해질 수밖에 없었고 자세한 서로의 이야기는 하지 않고 지금은 강원도에서 고등학교 교장으로 퇴직한 다른 선배에게로 화제를 돌려서 이야기를 나누다 커피 한잔을 마시고 헤어진 후 다시 연락은 없었다.

이날 9시가 조금 넘어 경비반장이 나를 불렀다. 반장은 한 평 남짓한 경비실에서 관리사무실에 다녀오는 길이라며 조금은 거드름을 피우는 자세로 말을 시작한다. "내가 조금 전에 소장님한테 다녀오면서 들은 얘기인데 당신은 이력이나 자기소개서 내용이 좀 부담스러워 뽑지 않으려고 하다가 그래도 뽑은 이유는 우리 얘기를 잘 이해할 것 같아서."라고 하면서 지금부터 자기가 하는 얘기를 잘 듣고 앞으로 꼭 그대로 실천하라는 것이다.

얘기인즉슨 지난달 동 대표 및 회장 선거가 있었는데 아파트 입주민이 두 파로 갈리면서 선거가 치열했다는 것이다. 전 대표 회장은 여자였는데 이번 선거에서 떨어졌고 그 여자가 101동에 살고 있고 선거가 끝나고 새로운 입주자 대표회의가 구성된 지금도 사사건건마다 트집을 잡고 문제를 일으키고 있으니 당신이 그 여자의 일거수일투족을 모두 메모하였다가 일주일에 한 번 보고하고 특이한 사항은 입수 즉시 보고하라는 지시였다.

나는 말은 하지 않았지만 기가 막혔다. 경비가 경비 일을 하면 되는 것이지 왜 이런 일을 지시 받아야 하나, 그러나 아무런 대답이나 내색은 하지 않았다. 그리고 반장은 앞으로의 해야 할 일등에 대하여 말하는데, 앞으로 이곳의 경비 생활이 그리 순탄할 것 같지는 않다. 반장은 회장님이 잘 둘러보는 곳은 특히 깨끗해야 하며 책은 휴게 시간에도 경비실에서는 보아서는 안 되는 것이라고 말한다.

내가 근무하는 101동 경비실은 건축한 지 20년이 넘어 낡은 탓도 있겠으나 다른 동보다도 더 허름하고 초라한 것 같았다. 당장 밤에 잠잘 일이 걱정되어 옆 동 경비실에 물었더니 지하에 내려가면 밤에 깔고 잘 수 있는 널빤지가 있으니 그것을 이용하라고 하는데 갑자기 칠성판 생각이 떠올라 섬뜩한 생각이 들었다. 난방은 선풍기형 난로를 사용하고 있는데 이것도 낡아 겨우 열을 유지하며 덜덜 소리를 내며 돌고 있다.

정신없이 첫날 하루를 보내는 밤 열두 시, 막 잠이 들려고 하는데 누구인지 문을 심하게 두드린다. 문을 여니 입주민인 듯한 50대 남자가 "당신 경비가 뭘 하고 있었기에 장애인 주차 구역에 일반 차량이 주차하고 있느냐?"라고 다그쳐 왔다.

지금 일반 차량이 주차하고 있는 이 자리는 이 사람이 전용으로 쓰고 있는 장애인 주차 구역인 듯했다. 나는 오늘 처음이라 정신없이 하루를 보내다 보니 그렇게 되었으니 죄송하다고 정중히 사과하고 다음부터는 신경 쓰겠다고 하여 겨우 이 남자를 돌려보냈다. 다음 날 근무부터는 이 장애인 주차 장소를 지키기 위하여 양동이에 돌을 달아 그 자리에 두어 주차면을 지킬 정도로 나에게는 트라우마가 되었다.

며칠이 지났다. 내가 느끼기에는 이 아파트의 경비 근무는 거의 대부분의 일이 경비반장에 의하여 좌지우지되는 것 같았다. 반장의 기분이 괜찮은 날은 별일 없이 지나가는 것이고 좀 언짢은 날은 모든 경비가 바짝 긴장한 상태로 하루를 보내고 있는 것 같았다.

3월 중순. 경비반장이 저녁을 산다며 경비들에게 단지 옆 식당으로 모이라고 한다. 옆 동 경비에게 물었더니 반장이 밥을 사는 일은 본 적이 없고 아무튼 무슨 일이 있는 것 같다고 한다.

모든 경비들이 모이고 저녁을 먹기 전 반장이 얘기를 꺼냈다. 사실은 지난 2월 말 나무 정리 작업을 할 때에 주차된 자동차를 옮기기 위해 입주민에게서 자동차 열쇠를 받아 차를 옮겼는데 그 후 무엇이 잘못되었는지 그 차의 시동이 걸리지 않는다며 차 주인인 입주민이 견인차를 불러 정비소에 가서 수리 견적을 받아보니 70만원이 나왔다며 견적서를 가져와 만약 수리를 제때 해주지 않으면 그때 거기서 작업을 했던 모든 경비들을 관리사무소에 얘기해서 자르도록 요구하겠다며 막무가내기로 달려붙고 있다는 것과 그러니 어쩔 수 없이 1인당 6만원씩 걷는 것이 어떠냐는 얘기였다.

나 같은 경우는 내가 근무하기 전의 일이라 아무런 상관도 없는 일인데 5천원짜리 밥 먹고 6만원 내는 셈이다. 망설이던 나는 이런 일이 자주 일어나지는 않을 테니 그냥 6만원 내고 말지. 지금 내 처지에 이런저런 것 따지고 덤빌 때가 아니지 않는가 하고 생각하며 그냥 묵묵히 밥만 먹고 있었다.

3월 하순 아침 6시가 조금 못 되어 경비실로 출근하는데 옆에 있는 엘리베이터 승강장에 모금함이 설치되어 있고 벽에는 어제 불의의 불상사로 인하여 관리소장이 병원에 입원 중인데 그 치료비를 모금하고 있다는 안내문이 붙어 있었다. 아침 청소를 끝내고 경비 점호를 받기 위해 반장경비실 앞 공터로 갔다. 평소같이 2열 횡대로 서서 점호를 받는 중에 반장이 모금함 얘기를 한다.

우리 아파트 13개 동 1,500여 세대의 입주민들이 아시는 바와 같이 두 세력으로 나뉘어 있는데 이번에 실시하는 도색 사업 건 때문에 의견 충돌이 있어 사업 반대편에서 관리소장을 공격하여 소장이 119 구급차로 실려 갔고 공격한 사람들은 질이 안 좋은 사람들로 경찰서로 불려 갔다는 것이고 주민들이 모금에 많이 참여할 수 있도록 유도하라는 것이다.

나는 이 내용을 더 알고 싶지도 않고 또 알려고 하지도 않았다. 다만 근무 첫날 반장이 나에게 지시했던 전 여자 회장의 동향을 감시해서 보고하라는 말이 씁쓸하게 다시 떠올랐다. 물론 지시받은 동향보고 같은 것은 하지도 않았고 그럴 생각도 전혀 없었다.

이렇게 3월이 지나고 푸르름이 피어나는 4월이 되었다. 내가 지금 하고 있는 일의 양은 전 근무지에 비하면 상당히 적은 편이지만 반장이 돌아다니며 청소 상태 등을 평가하고 다그치고 또 닦달하는 바람에 느껴지는 심적 부담은 오히려 전 근무지보다 훨씬 심한 편이었다. 오죽하면 인터폰을 통하여 지금 반장이 그쪽 방향으로 갔다는 등 정황을 서로 연락하고 있을 정도였다.

4월 초 밤 12시가 다 되어갈 무렵 한 입주민으로부터 경비실에 2호 엘리베이터가 11층에서 움직이지 않는다는 신고를 받고 급히 엘리베이터 승강장 입구로 달려가서 상황을 확인하고 기전실과 반장에게 보고한 후 급히 고장 안내판을 내다 걸었다.

잠시 후 40대 후반의 뚱뚱한 남자가 승강장 입구로 달려오더니 다짜고짜 나한테 성질을 내기 시작한다.

"나 회장인데 경비가 일을 어떻게 하고 있는 거야! 가제나 충당금이 바닥이 나서 큰일인데 이렇게 엘리베이터가 자주 고장이 나면 어떻게 하란 말이야. 엘리베이터가 돈을 얼마나 많이 잡아먹는데!" 회장은 나를 훑어보며 계속 말했다. "당신 택배기사들이 배달하면서 엘리베이터 틈새에 막대를 끼워 엘리베이터를 잡고 있는 거 알아 몰라?"

회장이 한참 큰소리치기를 끝냈을 때 나도 그냥 듣고만 있기에는 억울하여 내 입장을 말했다. "택배 기사가 가끔 엘리베이터를 세워두는 짓을 하는 것은 알고는 있지만, 하루에도 10여 명이 넘는 기사들이 드나들고 있고 경비실에는 CCTV가 없어 일일이 그들을 감시할 방법이 없습니다."

듣고 있던 회장은 전화기를 꺼내 어디론가 전화를 걸더니 이내 큰소리를 친다. 옆에서 통화내용을 들은 바로는 아마 관리소장에게 전화를 하는 모양이다. 회장은 엘리베이터에 관한 얘기를 큰 소리로 말하더니 도대체 경비를 어떻게 뽑았고 교육을 시키기에 내가 얘기를 하는데 꼬박꼬박 말대답을 하느냐는 것이다. 그리고 잠시 더 통화를 계속하더니 "뭐요 뭐라구." 하면서 이내 목덜미를 잡고 뒤로 넘어간다. 아마 소장이 듣기에 껄끄러운 말대답을 한 것 같다. 비서처럼 옆에 서 있던 반장이 쓰러지는 회장을 받아 부축하여 호들갑을 떨며 곧 떠나 버린다.

　내가 근무하는 101동은 단지 사각 모서리에 있는 동으로 마을버스가 다니는 2차선 도로와 접하는 출입구가 있어 소위 후문이 있는 곳 중 한 곳이며 이곳에는 한 개의 차단기가 설치되어 있고 관리 초소도 별도로 지어져 있으나 평소에는 차량의 통행은 금지하고 주민들이 도보와 자전거 등으로 통행하고 있다.

　한 달 정도 근무하니 업무가 어지간히 손에 들어온다. 누가 말하지 않아도 이 시간쯤이면 무슨 일을 해야 할지를 감이 잡히지만 책을 읽을 수 있는 시간은 도저히 낼 수 없고 또 불안해서 책을 볼 수가 없다. 그냥 비근무일에 집에서 두세 시간 보는 것과 근무일은 휴게 시간에 한 30분 정도 지하에 내려가서 보고 또, 밤 11시가 넘거나 또는 아주 새벽 시간에 잠깐 볼 수 있을 뿐이다. 비근무일도 전날 하루 종일 시달리고 밤 12시에 나무판 걸쳐놓고 쪽잠 자는 다음 날은 12시까지 잠으로 시간을 잡아먹는다.

　오늘도 오후 일을 마치고 저녁을 먹기 위해 경비실로 돌아오는데 두 여자가 후문 차단기를 억지로 들어올리고 있다. 나는 다급히 달려가서 강제로 들어올리면 차단기가 고장 날 수 있는데 왜 강제로 차단기를 올리려고 하느냐 하고 제지하자 두 여자는 저기 있는 저 차가 나가야 한단다.

나는 후문은 차량 출입이 안 되니 저리로 해서 정문으로 나가시라고 안내하자 "누가 그걸 몰라서 이리로 나가려고 한 줄 아느냐 그리고 그리로 가면 얼마를 돌아야 하는데." 하고 잠시 머뭇거리더니 "아저씨는 못 보던 얼굴인데 언제부터 근무했는데 입주민도 몰라보느냐." 하고 큰소리를 친 후 "시설은 입주민을 위한 것인데 입주민이 나가겠다면 고분고분 차단기나 열고 인사나 할 것이지 되느니 안 되느니 떠들고 있어."

또 다른 한 여자는 "언니 관리실에 전화해요. 저런 경비는 잘리던가 되게 혼이 나야 말을 잘 들어요." 어디선가 들은 말대로 무식이 통통 튀고 또 그 수준도 알 수 있을 것 같아 그냥 꾹 참았다. 나는 힘없는 경비이니까 더 이상 어쩌지 못하고 "차단기를 열어 드릴 수 없으니 정문으로 돌아서 가십시오." 하고 정중하게 말을 한 뒤 경비실로 돌아왔다. 그 후 관리실에서 호출이 없는 것으로 보아 아마도 전화는 하지 않은 것 같다.

지난 2월 초 경비원 신임 교육장에서 강사로부터 경비지도사 얘기를 들은 후부터 는 거기에 마음이 자꾸 가는데 지금 형편으로는 무슨 일이든 해서 먹고살 돈을 벌어야 한다. 그래도 내가 잘 할 수 있는 일은 공부하고 시험 쳐서 자격증을 취득하는 일 같은데 많은 고민 끝에 경비 일을 하면서 틈틈이 공부하여 자격증에 도전해 보기로 마음을 굳혔다.

나 는 경 비 원 이 다

우선 1차 시험 과목인 민간 경비론과 법학 개론 교재를 구입하여 먼저 법학개론부터 공부하기 시작했다. 그런데 시작한 지 이틀 만에 경비반장에게 걸려 질책을 들어야 했다. 그렇다고 그만둘 수는 없어 틈틈이 시간을 쪼개 책을 보고 있었다. 오늘 일을 마치고 11시가 넘어 책을 막 보기 시작했는데 어떻게 알았는지 경비반장이 들이닥쳤다.

문을 열고 들어선 반장은 "이거 말로 해서는 안 되겠구만." 하면서 가죽장갑을 꺼내 힘을 주어 끼고 다가선다. 마치 금방이라도 주먹을 날릴 기세이다. 나는 이 시간에 책 보는 게 맞을 짓인지는 모르지만 좀 이해해주면 안 되겠냐면서 반장에게 바싹 다가섰다. 혹시라도 모를 경우에 대비하여 거리를 두지 않기 위함도 있었다. 나는 어려서부터 운동을 좋아하여 여러 가지 운동을 해 봤고 또 성깔도 있어 그냥 맞아줄 수만은 없었다. 반장은 "이걸 그냥" 하고 얼버무리며 물러선다.

"당신 경비반장이 얼마나 대단한지는 모르지만 이러지 마시오, 이 나이에 이 시간에 책 보는 게 그냥 심심풀이 소일거리로 하는 것이겠소. 서로 조금 이해하여 별탈 없이 잘 굴러가면 좋은 거지 꼭 이렇게 폼 잡고 그 모자에 둘러진 금테 값을 해야겠소. 내 경비 생활 일 년밖에 안 됐지만 그 경력도 없었다면 아마 무슨 일 났을 거요. 당신 뜻 알았으니 그만 가시오, 나도 자야겠소."

이튿날 이런저런 생각 끝에 경비 일자리는 다시 구하기로 작정하고 다음 근무일 아침 경비실에 도착하여 짐을 챙겼다. 짐이라야 간단한 담요 등 두 손에 들 수 있는 양이다. 짐을 챙긴 나는 곧바로 반장 경비실을 찾아가 사직서를 내던지고는 아무 말도 하지 않고 돌아서서 나왔다.

　원래는 며칠 전에 사직서를 제출하여 다른 사람을 구할 수 있는 시간을 주는 것이 옳겠지만 지금의 이곳은 그런 것을 고려할 필요는 없다는 생각에서 바로 그만둔 것이다. 이렇게 나의 두 번째 경비 생활은 40일 만에 끝이 났다.

책장에 떨어진 눈물

짐을 챙겨서 돌아온 나는 그날로 직업소개소를 통해 집에서 그리 멀지 않은 곳의 아파트 경비원 일자리를 구할 수 있었으며 경비회사에서는 아예 경비반장으로 지정하여 아파트로 보내주었다.

이 아파트는 4개 동에 350세대의 규모로 4명의 경비가 한 조가 되어 맞교대 근무를 하고 있는 구조로 4명 중 2명은 24시간 맞교대하고 2명은 아침 6시에 출근하여 밤 10시에 퇴근하는 방식으로 되어 있어 경비들 간에는 오십여 만원의 보수 차이가 난다. 이 제도는 아마도 최저임금 인상에 따라 나타난 돌연변이 근무 형태의 일종인 것 같다.

나는 24시간 근무하고 맞교대하는 두 사람 중 한 사람으로 B조 반장으로 일하게 된 것이다. 같은 조 동료 3명과 인사를 나누고 내가 근무할 3동 경비실에 와보니 경비실은 넓은 편이나 관리실과 인접해 있어 좀 불편해 보인다. 어찌 되었든 관리실과 멀어야 부담이 덜하다.

내가 할 일을 살펴보니 먼저 근무하던 두 곳과는 우선 일의 양이 훨씬 적다. 관리해야 하는 세대 수도 80세대이고 재활용품도 별도의 수거일 지정이 없이 필로티에 설치된 수거장으로 배출되고 주 2~3회 수거 차량이 드나들며 수거해 간다. 나는 일도 익히면서 마음먹은 공부도 해야 하겠기에 근무일의 공부는 하루 3시간의 휴게 시간과 야간의 시간을 이용하기로 계획했다. 야간 근무는 2명에서 밤 10시에서 새벽 2시, 새벽 2시에서 6시까지로 나누어서 근무하는데 나는 새벽 2시부터 6시까지의 근무를 맡았다. 이 시간대는 사람들의 이동이 거의 없고 근무 시간 중 1회의 순찰이 있고 그 외의 것은 자동 경보 체제로 경보음이 울리게 되어 있어 책을 보기는 졸음만 참으면 별 부담이 없다.

그리고 시험에 필요한 암기장 등은 미리 집에서 작은 노트에 별도로 적어서 틈나는 대로 보기로 마음먹었다. 일은 금방 익숙해지기 시작했고 또 작업의 양도 많지가 않아 수시로 챙기며 해낼 수 있었다. 그런데 며칠 후 나는 동료로부터 좀 부담스러운 말을 들었다.

이곳의 입주민 중에는 어디나 그렇겠지만 몇 명의 진상 입주민이 있는데 우리 경비들을 수시로 감시하여 그 사실을 관리실에 애기한다는 것이다. 이를테면 근무 시간에 잠깐 졸았다던가 신문을 본다던가 경비들이 모여서 시시덕거리거나 담소하는 것들을 사진을 찍어 소장 핸드폰으로 전송한다는 것이다.

한번은 4동 경비실 동료가 관리실에 왔다가 잠시 들려서 애기하는데 얼마 전에 근무 시간에 신문을 보았다고 관리실로 불려가 소장한테 호되게 야단을 맞았는데 신문 보는 모습을 찍은 사진을 소장 핸드폰으로 보냈더라고 한다. 또한 10시에 퇴근하는 2명 경비원의 퇴근 시간을 체크하여 10시 몇 분 전에 퇴근을 했다는 등 또는 퇴근 시간 몇 분 전부터 옷을 갈아입고 집에 갈 궁리만 한다는 등의 내용들이다.

이와 비슷한 일이 나에게도 일어났다. 오전 일을 마친 11시 40분경 경비실에서 집에서 작성해온 암기 노트를 보고 있는데 소장이 들어 왔다. 다짜고짜로 근무 시간에 무엇을 보고 있느냐면서 지금 본 것을 가져오라 한다. 어쩔 수 없이 노트를 소장에게 주니 소장이 훑어보고는 누가 경비실에서 이런 것을 보라고 했냐면서 심하게 다그치기 시작한다.

"여기서 다른 짓 하다 나한테 걸려서 경비 그만둔 사람 여러 명이다. 누구든 예외는 없다."라면서 평소 의자에 앉아 있는 당신 자세도 별로 좋지 않고 또 의자에 앉아 다리를 다른 물건에 올려놓은 것도 몇 번이나 보았다고 한다.

나는 죄송하다는 말과 함께 앞으로 조심하겠다고 말씀드리고 암기 노트를 돌려 달라고 하니 이 노트는 압수한다고 한다. 나는 약간 감정이 상하여 보셨다시피 그 노트에는 경비 생활에 필요한 것을 적은 것으로 신문이나 잡지 등과는 다르지 않으냐고 했더니 아무튼 안 된다는 것이다.

점심시간이 되어 도시락과 법학 개론 책을 가지고 2동 경비실 옆 휴게실로 향했다. 동료들과 도시락을 먹기 바쁘게 휴게실 옆 조용한 곳에서 책을 폈다. 낮에 1시간 30분의 휴게 시간 중 점심을 먹고 나면 약 1시간을 낼 수 있어 경비실로 가지 않고 이곳에서 책을 보기로 마음먹은 것이다. 동료들도 알고 있어 전혀 방해되는 일은 하지 않는다.

그런데 오늘은 조금 전 그 암기장 때문에 소장한테 들은 말이 자꾸만 생각이 나 그만 나도 모르게 눈물이 핑 돌았다. 그리고 이내 몇 방울이 펴놓았던 책장 위에 떨어진다. 자괴감이 든다. 부모님이 마음껏 공부할 수 있도록 해주신 그때 그 시간에 왜 나는 공부를 게을리하였던가! 그래서 그 죄와 벌을 지금 받고 있는 게 아닌가! 그러나 지금은 읽어야 한다. 그리고 외워야 한다. 다른 생각은 지금으로서는 사치다. 해 보자!

우리는 청소나 분리수거장 등 기본적인 것을 제외하고는 대부분의 작업을 동료 4명이 공동 작업으로 진행한다. 회양목 전지 작업 같은 경우에는 경험이 좀 있는 2동 경비실 동료가 기본 전지를 하면 별 경험이 없는 나는 잘려 나간 가지의 정리와 청소를 하고 또 한명의 동료는 마지막 정리를 하는 그런 방식이다.

7월 중순쯤 우리 4명이 화단의 제초 및 화초 정리 작업을 위해 함께 모였다. 한낮에는 무더위로 작업이 곤란하여 오전에 주로 작업을 하는데 30분 정도 작업을 하고 십 여분을 쉬고 그렇게 한다. 그런데 그날 오후 점심때 입주민으로부터 전달받은 민원 사항을 보고하기 위하여 관리실에 들어섰을 때 나는 의아한 광경을 목격하였다

관리소장이 CCTV 모니터 앞에서 우리가 오전 중 작업하던 모습을 모니터를 확대 화면으로 해 놓고 유심히 보고 있는 것이다. 그리고 막 들어선 나를 보고 흠칫하면서 화면을 원 상태로 돌려놓는다.

이후부터 우리 동료들은 공동 작업 시 휴식은 꼭 CCTV 카메라를 피하여 휴식을 하고 지하주차장 내의 작업이나 순찰들도 가급적이면 CCTV 사각지대를 이용하는 것이 습관처럼 되어 갔다. 본래 CCTV는 범죄의 예방이나 경비 활동을 위하여 활용함이 맞을지인데 이를 우리 경비들의 작업 활동 감시용으로 사용하고 있음이 별로 달갑지 않은 여운을 남긴다.

오늘은 4동 앞 화단에서 화단의 테를 이루고 있는 회양목 중에서 죽어 가거나 부실한 놈은 골라내고 대신 다른 곳에서 기르고 있던 회양목으로 보충해 주는 작업을 아침부터 공동 작업으로 하고 있었는데 10시쯤 한 입주민이 3동 경비를 찾는다. 내가 무슨 일이시냐고 하며 일어서자 대뜸 왜 내가 주차하는 곳에 다른 차량이 주차되어 있느냐고 하며 항의를 시작한다. 나는 이 사람이 4동에 거주하며 4.5톤 트럭으로 주로 목재나 목재의 부산물을 운반하는 입주민임을 금세 알아챘다.

　이 입주민은 4동에 거주하고 있으나 주차는 일반 주차면보다 조금 더 넓은 면적의 주차면으로 3동의 한쪽 구석에 별도로 마련되어 있고 이 트럭은 드나드는 시간이 일정하지 않아 경비인 나로서는 신경이 쓰이는 차량이다. 오늘은 9시 반부터 시작한 이곳 4동 앞 화단 공동 작업에 참여하느라 그 차량의 주차면에 세워 놓아야 할 주차금지 표지판을 세워두는 것을 깜박 잊고 이곳으로 온 것이 잘못이다.

　나는 항의하는 입주민에게 내가 표지판을 세워 놓지 않아 다른 차가 주차한 것 같다며 정중하게 사과하고 곧 조치하겠다고 하였으나 입주민은 그곳은 내 차 전용 주차면으로 주차료도 다른 차보다 2만원이나 더 주고 있는데 이런 식으로 하면 곤란하다는 등 으름장 비슷하게 항의를 한다.

　작업장에서 나와 3동의 주차장에 오니 그 차면에는 외부 차량이 세워져 있고 그 차에는 전화번호 등 아무런 연락을 할 수 있는 것이 없었다. 다행히 차들이 많이 나가 있는 상황이니 빈 주차면이 많이 있어 이 입주민에게 양해를 구하고 잠시 비어 있는 주차면에 주차하여 줄 것을 얘기했으나 이 입주민은 굳이 자기가 세워 두던 주차 면에 주차하게 해줄 것을 고집한다. 나로 서는 상황이 난감하다. 그렇다고 이런 정도의 상황에서 차적 조회를 요청할 수도 없고 할 줄도 모르고 나로서는 그저 비어 있는 주차면에 임시로 주차를 하였다가 이 주차면이 비면 다시 이 동하게 하는 수밖에 다른 방법이 생각나지 않는다.

다행히 다른 주차면은 오후 6시경까지는 평소 여유가 있어 내 생각으로는 그리 급할 것이 없는데도 굳이 자기가 세워두던 곳에 주차하겠다니 나는 더 이상 할 말이 없다. 하기야 내 잘 못이 있으니 어떻게 할 수도 없다. 아니 굳이 따진다면 내가 그 주차면에 다른 차가 주차하지 못하도록 해야 할 의무나 책임 같은 것은 없는 것 같다. 그 주차면에 주차금지 표지판을 세워 두는 것은 그 차의 주차를 위한 것이니 그 차가 이동할 때 빈 주차면에 표지판을 세우고 또 주차를 하려 할 때 표지판을 치 우는 것은 의당 그 주차면을 이용하는 차의 주인이 해야 할 것 같은데 그 주차면을 사용하는 사람은 입주민이고 나는 그 주 차면이 있는 3동을 관리하는 경비이니 더 이상 어떻게 말을 할 수도 없다.

내가 이 차의 주인인 4동의 입주민에게 여러 차례 사과해서인지는 몰라도 이 일은 더 이상의 문제없이 몇 시간 뒤에 주차되어 있던 차량이 떠나면서 해결이 되어 다행이다.

이렇게 이곳에서 몇 달쯤 지났을 때 나는 공부를 더 할 수 있는 방법이 떠올랐다. 지금처럼 24시간 맞교대를 하지 말고 10시에 퇴근하면 이튿날은 완전하게 내 시간이 될 수 있을 것이다. 더구나 이곳 근무자들은 10시 퇴근보다는 맞교대 근무를 훨씬 선호한다. 물론 보수 때문이다. 이왕에 경비하는 거 24시간 맞교대가 낫다는 것이다.

다음 날 나는 소장님께 말씀 드리고 우리 동료들 중 맞교대를 원하는 동료와 근무 형태를 바꾸기로 하고 회사의 양해도 얻었다. 보수는 반장 수당을 포함하여 60만원가량 줄었지만 훨씬 많은 시간을 자유롭게 쓸 수 있게 확보한 셈이다.

내가 시험 때문에 근무 형태를 바꾸었다는 사실을 안 동료 경비들은 나를 응원해 주기 시작했다. 공동 작업 때에도 배려하여 주고 휴게 시간에는 나에게 방해가 될 만한 일은 절대 하지 않았다. 나는 정말 고마웠고 또 꼭 합격해야 한다는 부담감도 떨칠 수가 없었다.

11월 셋째 토요일에 있을 시험을 위해 10월 말 사표를 냈다. 남은 3주간을 총정리 시간으로 최선을 다하기 위해서 동료들의 격려를 받으며 시험을 위한 퇴직은 하였지만 이는 일종의 도박 행위인 것도 같았다. 지난 8개월 동안 정말 열심히 했지만 90점 중반이 합격선이라는 이 시험은 40년 만에 쳐보는 시험이고 또 나이 70이 다 되어 깜박깜박하는 기억력으로 치루는 시험인 것이다.

1차 시험은 절대 평가 60점이니 그렇다 치더라도 문제는 2차 시험이다. 경비업법은 목표가 만점이었는데 표에 나오는 문제와 다른 한 문제가 헷갈렸다. 경호학은 30문제까지는 잘 나가는 듯하다가 헷갈리기 시작했다. 어쨌든 시험을 마치고 돌아와 발표된 가 답안에 맞추어 보니 90점이 조금 넘는다. 이건 운이 좀 따라 주어야 합격할 수 있는 점수다.

이튿날 동료에게서 전화가 왔다. "물론 잘했겠지. 그렇게 열심히 했으니 꼭 될 거야." 나는 대답이 궁색해 그냥 얼버무려 버렸다.

그렇게도 도와주려고 애쓰던 동료들인데…

이후 나는 그들을 대할 면목이 생기지 않았다.

동료

이제 모든 것을 다시 시작할 각오를 다지며 다시 직업소개소를 찾아 경비 일자리를 부탁했고 며칠 뒤 직업소개소로부터 연락이 왔다. 구리시에 있는 좀 오래된 아파트인데 한 근무 조 4명을 모두 교체하며 근무는 한 달 뒤인 1월부터이고 내일 면접이 있으니 경비회사로 가보라는 연락이 왔다.

다음 날 길눈이 어두운 편인 나는 회사 부근까지는 잘 갔으나 금방 찾지 못 하고 두리번거리고 있을 때 내 나이쯤 되어 보이는 한 남자가 다가와서 혹시 경비회사를 찾느냐고 말을 건네며 자기도 경비 면접 보러 그 회사를 찾아가는 중이라 한다. 둘이서 찾으니 혼자 헤메일 때와는 달리 쉽게 찾을 수 있었고 회사 내에는 면접을 위하여 온 다른 사람은 없었다.

회사의 담당 경비지도사라고 자신을 소개한 사람은 우리 두 사람에게 몇 가지 물어보더니 이내 필요한 서류를 작성하게 한 후 근무에 관한 간단한 설명을 하였다. 아직 근무 시작일까지는 기일이 좀 남아 있기에 그때 가서 못 하겠다고 하면 곤란하다며 꼭 약속을 지켜줄 것을 요구하였다. 우리 둘은 근무만 확실하다면 구직 활동을 않고 기다리겠다고 하자 12월 31일 오후 4시까지 회사로 나오라고 한다. 다음 근무지가 정해지자 편안한 마음으로 한 달 가까이 쉴 수 있다는 생각에 오랜만에 편안한 마음을 가질 수 있었다.

12월 31일 약속대로 회사로 찾아가니 거의 같은 시간에 비슷한 또래 4명이 모였다. 담당 지도사는 약속을 지켜주어 고맙다며 오늘은 본 근무일은 아니지만 근무할 아파트의 한 조가 모두 바뀌는 바람에 근무 사정도 익힐 겸 5시부터 다음 날 교대 시까지 근무를 하고 2일부터 본 근무가 시작된다는 것이다. 우리가 근무할 아파트는 9개 동인데 첫눈에 보기에 20년 넘어 보이는 낡은 15층의 오래된 아파트였다.

우리는 관리사무실 옆 공터에서 서로 인사를 나누고 있는데 인솔했던 담당 지도사가 관리실을 다녀와 우리를 불러 모은 후 문제가 생겨서 한명은 다른 근무지로 가야 한다며 이는 소장이 요구하는 사항이라 자기도 어쩔 수 없고 그 대상이 된 사람과 약간 떨어진 장소로 이동하여 얘기를 나누고 돌아갔다.

근무지가 다른 곳으로 변경된 사람의 말로는 자기는 육군 대위로 전역하였는데 자기가 모 부대에 근무할 당시 지금 소장이 부사관으로 몇 개월 같이 근무한 적이 있다고 했다. 또 다른 들리는 애기는 오늘 계약이 만료되어 그만두는 네 명은 소장이 맘에 들지 않아 하여 재계약이 되지 않았으며 오늘 저녁 그들이 근무를 하게 되면 음주 등 소란이 염려되어 우리들에게 그들 대신 근무하게 하는 것이라 했다.

　첫 근무 날, 집에서 버스를 한번 갈아타고 50분 정도 걸려서 도착한 경비실의 시계는 6시 10분 전을 가르치고 있었다. 교대조와 간단한 인사를 나눈 후 주변 청소 등 정리를 끝내고 나니 8시가 조금 넘었다. 9시가 되자 우리 경비 네 명은 모두 관리실에 시무식 겸 관리실 직원과의 인사 그리고 가장 중요한 근무할 경비실과 관리할 동의 배치 등을 받기 위해서 모였다.

　관리실에는 소장과 기전과장, 경리 그리고 영선 2명 등 우리 조와 같이 근무할 다섯 명의 직원이 있었다. 기전과장의 진행으로 간단한 업무의 시무식 겸 상견례가 시작되고 먼저 소장이 자기소개 및 업무 방침을 말하는데 첫 대면 인사치고는 아무리 소장과 경비의 사이지만 듣기가 좀 편하지 않았다.

　소장은 "우리 관리사무소에서는 내가 대통령이고 기전과장은 총리 그리고 나머지 세 명은 각 담당 부서의 장관이다. 경비 여러분은 내 말은 물론 여기 있는 총리와 장관들의 지시에 잘 따라야 할 것이다." 소장의 손에는 군에서 지휘관이 사용하는 짧은 지휘봉이 들려 있었다.

우리 경비들은 간단하게 이름 등을 말했고 이어서 기전과장이 우리들이 근무할 경비실 및 관리할 동 등을 알려준 뒤 우리는 지정된 경비실로 돌아왔다. 경비실은 정문과 후문에 각각 설치되어 있고 두 명이 한 경비실에서 근무는 하되 관리를 담당할 동과 구역 등은 지정이 됐다.

나는 제주도가 고향이라는 동료와 정문 경비실에서 근무하게 되었는데 내가 관리할 아파트는 60세대인 5동과 80세대인 11동 이렇게 2개 동의 140세대이고 같이 근무할 동료는 6동 7동 8동 이렇게 3개 동 각 80세대 총 240세대로 나와는 배분량에서 상당한 차이가 있었다. 나는 내 업무량이 동료보다 적어서 좋다기보다는 의아하게 생각되었고 동료는 얼굴에 불편한 기색이 완연히 드러나 보였다.

며칠 후 소장은 나를 부르더니 내 업무량이 동료보다 적은 이유를 설명하는데 내가 관리할 5동의 60세대는 48평형으로 생활 정도가 다른 동의 입주민들보다 좀 낮다는 것과 그 동에 입주자 대표회의 회장이 살고 있는데 회장은 여자이며 내가 나온 고등학교와 같은 지역의 여자 고등학교를 같은 연도에 졸업하였으니 내가 조금만 신경을 쓰면 회장과 친숙해질 수 있을 것 같아서 배정하였으니 좋은 관계를 맺도록 하라는 것이다.

이는 나의 성격과 상당한 거리가 있는 일이다. 그리고 경비가 회장과 원만한 사이를 유지하기 위해서는 경비가 어떻게 해야 하는지 알 수 있을 것 같았다. 그렇다고 그 자리에서 뭐라고 할 수도 없어 그냥 얘기만 듣고 나와 버렸다.

세대 수에서 차이가 나듯이 확실히 일의 양은 동료 경비보다 적었다. 나는 동료를 도와줄 수 있는 것은 별 표시 나지 않게 도와줄 양으로 근무에 임했고 또 그렇게 했다.

이곳에서 일하면서 처음으로 닥친 어려움은 각 세대에서 배출되는 대형 폐기물의 처리였다. 폐기물의 반출 장소는 눈에 좀 덜 띄는 외진 공터를 사용하고 있으나 그곳에는 CCTV가 설치되어 있지 않아 언제 누가 가져다 놓았는지 모르는 폐기물이 종종 놓여 있는데 그 장소를 담당하는 경비가 알아서 처리하여야 한다. 때에 따라 반출 세대를 찾지 못하면 상당하는 폐기 수수료를 경비가 부담할 수밖에 없는 상황인데도 관리실에서는 같은 물건이 그 자리에 며칠만 있으면 빨리 반출자를 찾아서 처리하라는 독촉만이 있을 뿐이다.

저녁쯤 소장이 갑작스레 경비실을 방문하여 이것저것 점검을 하기 시작하더니 경비실 한쪽 편에 있는 소형 냉장고를 열고 병을 꺼내 한 병씩 냄새를 맡는다. 아마도 병에 몰래 술을 넣

어 놓고 먹을까 하여 점검을 하는 모양이다. 하지만 곁에서 지
켜보고 있는 나는 자존심을 넘어 나 자신이 불쌍해지고 처량
하여 짐을 어찌할 수 없었다. 교육시간에 복무에 관한 것을 교
육할 때 당부하여도 될 터인데 굳이 보는 앞에서 이렇게까지
해야 하는 것일까? 소장의 경비에 대한 인식과 경비의 인격 등
은 소장한테는 존재하지 않는 정말 몹쓸 나라의 대통령 같이
보였다.

우리가 근무하고 있는 경비실은 새로이 건축하여 겉모양은
그럴듯한데 내부는 그냥 한 10평방미터쯤 되는 장방형의 모양
새이다. 전기는 물론 들어오지마는 기본 시설인 화장실이나 세
면대 등은 없다. 아마도 상수도의 연결과 하수도 설치에 적지
않은 돈이 들기 때문일 것으로 여겨진다. 화장실은 한 50m쯤
떨어진 관리동에 있는 공중화장실을 이용하고 세면대 역시 마
찬가지다.

이곳 경비 생활에서 또 하나의 애로 사항은 취침 시간이다.
저녁 9시부터 새벽 1시 그리고 1시부터 5시까지 이렇게 네 시간
씩 야간 휴게 시간이 주어져 각 경비실에서 1명은 취침에 들고
다른 1명은 경비실에서 근무를 하게 된다. 문제는 휴게실의 상
황이다. 20년 넘은 건물의 지하실 부분을 칸막이로 막고 2명이
누우면 빠듯한 규모로 만들어진 휴게실은 너무나 열악했다. 난

방은 선풍기식으로 된 전기난로이다. 바로 옆으로는 낡은 건물에서 흘러나오는 하수가 옆을 지나는 도랑을 타고 침수실에 모아져 모터펌프를 타고 배출된다.

이곳에서 식사와 야간 취침을 하게 되는데 식사는 아예 휴게실은 아니지만 조건이 조금 더 나은 옆 동의 지하에서 하고 취침은 어쩔 수 없이 이곳 휴게실을 사용한다. 정문과 후문의 경비 각 1명씩 취침에 들면 나처럼 좀 예민한 사람은 잠들기가 쉽지 않다. 하루 종일 시달린 60대 중반의 남자가 이 시간에 자리에 누우면 대부분 코를 골기 마련인데 이게 늦게 잠드는 사람에게는 보통의 문제가 아니다. 한두 번 겪은 후로는 아예 귀마개를 사서 이용하고 또 피곤을 베개 삼아 좀 해결은 되었지만 또 하나의 고민은 화장실 문제로 해결한 방법이 없다.

우리 또래의 남성은 밤에 네다섯 시간씩 소변을 참기가 쉽지 않다. 화장실은 이곳에서 한참 떨어진 관리실 공중 화장실까지 가야 하는데 본인의 잠 설침은 그렇다손 치더라도 동료의 수면을 방해 하지 않을까 신경이 쓰인다.

4시간의 야간 휴게는 3시간 정도 수면을 취하면 그날은 잘 지낸 편이다.

3월이 되었다. 3월이면 학교의 개학으로 인해 경비실 앞 2차선 도로변은 항상 주의가 요망된다. 토요일과 일요일을 제외하고 매일 아침 8시부터 40분간 경비실 앞 도로에서 교통정리 및 어린이 보호활동을 하게 된다. 우리는 하루씩 교대로 경비실 앞 출구와 도로가 만나는 곳에서 어린이 보호를 위주로 교통정리를 실시하는데 어린이들이 많지는 않지만 안전에 퍽이나 신경이 쓰인다. 그러다 보니 교통정리 때 아파트에서 나오는 차량에 대하여 실시하도록 지시 받은 거수경례를 빼먹는 경우가 종종 있게 되고 이는 얼마 가지 않아서 소장으로부터 근무 지적사항으로 돌아왔다.

우리 아파트에서는 지난 2월 동 대표를 새로이 선출하고 3월부터는 이들이 입주자 대표회의를 운영하고 있다. 그런데 이번에 새로이 선출된 동 대표 중 한 명이 아침 출근 시에 우리가 교통정리 하는 것을 보고 경비들이 거수경례를 잘하지 않는다고 소장에게 지적한 것이다.

이 일 때문에 아침부터 소장에게서 싫은 소리를 들은 나는 경비실에 들어오자마자 조금 전에 있었던 소장의 질타에 대한 반항이라도 하듯이 혼자만의 불만을 터뜨렸다. "아니 시커멓게 선팅 된 차 안에 누가 타고 있는 줄 알고 거기에다 대고 머리가 허연 노인네가 거수경례를 하면 차 안에서 그 경례를 받고 퍽이나 좋겠다. 그렇게 폼 잡고 경례받고 싶거던 진작에 출세해서 청와대나 중앙 부처에 근무하면 제복을 쭉 빼입은 멋있는 녀석들한테서 경례 매일 받을 텐데 그런 데서 근무하던지." 반 혼잣

말처럼 한 그 말이 나중에 소장한테 그대로 전달될 줄은 그때
는 몰랐었다.

또, 3월이 되면서 한번 실패했던 경비지도사 시험공부를 다
시 시작했다. 경비실에 서는 책보기가 여간 눈치 보이는 게 아
니어서 별의별 방법으로 바꾸어 가며 나름의 방법으로 공부
를 시작했다. 이미 한번씩 공부한 것들이어서 암기 위주로 방향
을 잡았다. 다행히 같이 근무하는 동료는 기독교인으로 핸드폰
을 이용한 성경 공부에 매달려 있어 동료의 눈치는 별도로 보
지 않아도 되었다. 동료는 제주도가 고향으로 젊은 한때 제주도
에서 공무원 생활을 했었다며 가끔 그때의 공무원 생활 얘기를
부풀려 얘기하려다 나에게 핀잔을 듣기도 하곤 했다.

경비 업무 중 큰 업무의 하나가 재활용품 분리수거 작업이다.
우리 정문 경비실은 380세대로 매주 1회 여기서 배출되는 재활
용품의 양은 상상 그 이상이다. 작업은 둘이서 협동으로 실시
하는데 겨우 밥 먹는 시간을 빼고는 계속 달라붙어도 정신이
없을 지경이다. 8시경 시작을 하면 저녁 9시경까지는 다른 일
은 시작 전 청소 그리고 저녁때 택배의 배분 등의 시간을 제외
하면 모두 재활용품 분리수거 작업에 매달려야 한다.

4월 초 재활용 분리수거 일이었다. 평소와 같이 아침 청소 등
기본적인 일을 마친 뒤 분리수거장의 틀을 잡고 일을 시작했다.

이곳의 수거장은 장소가 따로 설치된 것이 아니라 주차장 중에서 바람 등의 영향을 좀 덜 받는 곳을 택하여 우리가 작업장을 만들고 시작한다.

오늘은 지하철 설치공사 대상 지역 조사로 인해 찾아가지 않은 등기 우편물 백여 통이 경비실에 보관되어 있어 이를 찾으러 오는 입주민에게 40여 미터 떨어져 설치한 수거장에서 수시로 달려와 사인을 받고 우편물을 배분해야 하는 번거로움이 더해져 있었다.

저녁 무렵 혼자서 한창 정신이 없을 때 우리가 마련해 놓은 비닐포대 산적장에 승용차 한 대가 들어와 세워 놓고 사라졌다. 동료는 저녁 식사를 하러 가고 혼자서 정신 없이 작업을 하는 틈에 어느 얌체가 세워 놓은 것이다. 차를 옮겨 달라고 연락을 하려고 해도 스티커나 전화번호는 어디에도 없었다. 외부 차량이라 경고 스티커를 붙이고 싶었지만 그럴 틈마저 나질 않는다.

얼마 후 동료가 돌아오고 내가 저녁식사를 하려고 분리수거장을 나서는데 뒤에서 또렷한 동료의 목소리가 들려 왔다. "아니 남아서 분리수거를 하려면 거치장에 차를 못 대도록 해야지 이렇게 차를 대도록 내버려 두면 비닐은 어떻게 쌓으란 말이야 잘난 척은 혼자서 다 하더니 일은 이따위로 처리하고 있어." 분명히 나 들으라고 하는 소리로 느껴졌다.

물론 내가 잘못이다. 하지만 혼자서 가장 바쁜 시간에 미쳐 못 챙긴 건데 그리고 차라리 이차 어떻게 된 것이냐고 물을 수도 있을 터인데…. 나는 못 들은 척하고 분리수거장을 나와 저녁을 먹고 다시 분리수거장으로 갔는데 동료는 본 체도 안 한다.

한동안 말없이 일만 하다가 내가 먼저 말을 꺼냈다. "저기 저 차 아까 내가 일을 할 때 저기에 세워진 것 맞는데 핑계 같지만 그때 일이 너무 밀려 신경을 못 써서 이렇게 되었는데 그렇다면 앞에서 물어 보던지 따지든지 할 일이지 내 등 뒤에다 대고 당신 뭐라고 그랬어, 남자가 할 말이 있으면 당당하게 할 것이지, 등 뒤에서 떠들고 있어." 같은 경비실에서 일을 한지 3개월이 지났는데 처음으로 다툰 것 같다.

며칠 후 4월의 제법 따스한 햇볕에 겨울 동안 미끄럼 방지를 위해 각 동의 현관 입구에 깔던 카펫을 지하실에서 끌어내어 깨끗하게 세척하는 작업을 오전부터 시작하여 세시 경 마무리 지었다. 별도로 갖추어진 세척장은 없고 각자가 알아서 호수를 연결하고 수세미와 밀대 등을 구하여 세척을 하는 것이다.

내가 막 세척을 마치고 좀 쉴까 하는데 반장이 찾아왔다. 소장이 찾고 있으니 지금 바로 관리사무실로 가보라는 것이다. 이유를 몰라 반장에게 물었더니 자기도 모른다고 말하는 표정이 좋지 않은 일 같아 보였다. 경비실에 들어와 복장을 가다듬은 후 관리실로 소장을 찾아갔다.

소장은 썩 좋지 않은 표정으로 대뜸 거칠게 말한다. "나 당신 그렇게 안 봤는데 형편없는 사람이더군." 내가 무슨 말이냐고 되묻자 내가 경비실 내에서 3개월 동안 해왔던 행동과 말 등 좋지 않은 것들은 마치 모든 것을 보고 들은 것처럼 얘기하며 다그친다.

"당신 경비실에서 책보고 또 입주민 차에 경례하라고 한 것을 시키려면 쇳덩이 보고 머리가 허연 놈이 인사하구 어쩌구 하며 투덜댔다며, 그리고 같이 근무하는 동료 경비원 부려먹고 시키고 한다면서!"

나는 잠시 후 "책을 보고 또 쇳덩이 보고 인사하란 말이야 등을 말한 것은 사실이지만 이는 아무도 듣지도 보지도 않고 다만 동료만 있는 상태에서 별다른 뜻 없이 내 감정을 그대로 표현한 것이고 또 휴게 시간에 약간의 틈이 날 때 경비에 관련된 책을 본 것도 사실입니다. 그에 대한 처분은 내리신다면 받겠습니다." 이에 소장은 이를 다시 말대답한다는 식으로 몰아붙인다. 소장의 말과 태도는 군대에서 상급자가 하급자에게 하는 바로 그런 식이다. 잠시 후 소장은 어떻게 하겠냐고 물어왔다. 이 말의 뜻은 그만두라는 즉 자른다는 뜻임을 직감할 수 있었고 나는 이내 그만두겠다고 말하니 소장은 사람을 구해야 하니 며칠 더 근무하라고 한다.

나는 잠시 머뭇거리다가 "나 비록 경비로 소장님 지시를 받아왔지만 감정이 있고 기분이라는 게 있는데 여기의 사정 때문에 며칠 더 근무할 수는 없고 오늘 오후 6시까지 근무하겠습니다."라고 말한 뒤 관리실 문을 나서 사직서를 쓴 뒤 반장에게 주었다. 사직서를 받아들고 내 얘기를 들은 반장은 자기는 절대 그런 짓은 하지 않았다고 정색을 하며 다시 소장을 찾아가 사과하고 버티라고 한다.

　이 사실은 물론 반장이 고자질한 것은 아니다. 반장은 내가 경비실 내에서 말한 내용과 책을 보는 것 등은 알지 못한다. 누가 고자질했는지는 묻지 않아도 뻔하다. 물론 나에게도 잘못이 많이 있으나 남자가 동료와 잠시 다투었다고 이런 식으로 고자질해 바치는 짓에 정말이지 법만 없다면 멱살을 쥐고 흔들고 싶은 심정이다.

　5시경 경비실에 들러 책 몇 권 등 내가 가져갈 물건을 챙기려 하는데 경비실에 있던 동료는 잠시 머뭇거리더니 나를 향해 자기가 잘못했으니 때리면 맞고 무릎을 꿇으라면 꿇겠으니 용서를 하라고 한다. 마음이 약해진 나는 "괜찮아 나도 잘한 것 하나 없어."라고 말하려는데 동료는 내가 이대로 그만두면 내일모레 아침에 자기는 어떻게 해야 하느냐고 한다.

　사실은 동료 경비의 부인이 며칠 전 어깨 수술을 받고 입원을 하고 있어 나는 관리실에 알리지 않고 소장이 출근하기 전까지만 출근하면 그 전의 시간과 청소 등은 내가 알아서 수단껏 처리하겠다고 편법이지만 약간의 편의를 봐주고 있던 참이었다.

이 말을 듣는 순간 나는 다시 화가 치밀어 올랐다. 동료의 사과는 나에 대한 미안함의 사과가 아니라 내일모레 아침 출근 시간의 편의가 없어지는 것에 대한 방편으로 한 말로 모멸감마저 느꼈다. "아니 지금 이 마당에 내가 당신 출근 시간 생각하게 됐어." 하고 쌀쌀하게 쏘아붙였다.

이렇게 하여 한 달을 기다려 가며 근무를 시작했던 이곳의 경비 생활은 100일 만에 다시 다른 곳의 일자리를 구해야만 했다. 동료의 배신으로 짐을 싸 들고 집에 돌아오니 그래도 나와 제일 친한 우리 복실이(강아지)는 그저 반갑다고 기어오르며 구르면 난리다.

내일 아침이라야 오는데 저녁에 왔으니 복실이에게는 한 편의 보너스인 셈이다. 싸 온 도시락을 데워서 먹을까 하다가 이내 가까이 있는 시장으로 갔다. 4천원짜리 녹두부침개 한 장과 소주 한 병을 사들고 들어와 마시고 잠을 청했다. 뒤의 일은 내일 생각하기로 했다.

넘어진 김에 쉬어 간다고 이렇게 된 김에 한 일주일 쉴까도 생각해 봤지만 몇 개월 전에 두 달이나 놀아서 생활비가 빡빡하다.

아파트 감투

이튿날 오전 나는 다시 직업소개소를 찾아 경비 일자리를 부탁하고 돌아오니 별로 할 일이 없다. 이틀 뒤 소개소로부터 연락이 왔다. 아파트의 위치와 면접 시간 등을 알려준 뒤 거리나 규모 등으로 보아 괜찮을 듯하니 가보라는 것이다.

경비원 일자리는 보수, 집과의 거리 등도 중요하지만 무엇보다도 운이 좋아 사람들을 잘 만나야 하는 것 같다. 아무리 조건이 좋아도 아파트는 입주민 중 진상이 몇 명 있으면, 그것도 저질의 입주민 진상이 있으면 버티어 내기가 쉽지 않다.

그러나 운은 하늘에 맡기고 면접 시간보다 한 시간쯤 먼저 아파트를 찾아갔다. 그리고 첫눈에 띄는 경비실을 찾아가니 경비실에 앉아 있던 경비가 나를 보더니 경비면접 때문에 왔느냐 묻고는 내가 묻지도 않은 설명을 시작한다.

비어 있는 일자리는 바로 여기 경비실이고 입주민 세대 수는 80세대로 적당하고 괜찮은데 입주민 중에 이 아파트에서 대장 노릇을 하며 경비는 물론 관리 사무실 소장과 직원까지 쥐락펴락하는 저질의 진상 입주민이 있다는 것과 만약 근무하게 되면 자기와 맞교대를 하게 될 것이라는 얘기를 해 준다.

시간이 되어 면접 장소인 관리실 옆 회의실을 찾아가니 벌써 다섯 명이 대기하고 있는데 나보다 젊어 보이는 사람이 많았다.

잠시 후 담당 지도사라는 사람이 들어오더니 호출을 하면 한 사람씩 관리실로 들어오라고 한다. 아마 관리실에서 면접을 보는 모양이다.

나는 맨 마지막에 호출되었다. 이제는 경비 면접도 여러 차례 본지라 별로 떨리지는 않는다.

소장은 내 이력서를 보면서 몇 가지 묻더니 간단히 면접을 끝내면서 돌아가 있으면 연락을 주고 오늘 저녁까지 연락이 없으면 인연이 없는 것으로 알라고 한다.

면접을 마치고 집으로 돌아오기 위해 버스를 기다리는데 전화가 왔다. 조금 전 면접장에서 보았던 그 지도사였다. 소장과 협의 끝에 당신을 뽑기로 결정하였으니 내일부터 근무하는데 오늘 오후에 도봉산 밑에 있는 회사로 나와 계약서 등 서류를 작성하라는 것이다. 나는 고맙다고 인사를 하고 집에 잠깐 들렀다 곧장 회사로 찾아 갔는데 회사는 쉽게 찾을 수 있어 근로

계약서 등의 필요한 서류를 작성하고 근무에 필요한 물품을 지급받아 집으로 돌아왔다.

　다음 날 새벽 근무교대 시간 30분 전인 5시 30분에 내가 근무할 1동 경비실에 도착했다. 하루 일과를 마치고 퇴근 준비를 하던 교대 근무자는 왜 이렇게 일찍 왔느냐며 자기는 열차 시간이 맞지 않아 6시 전에는 올 수가 없다고 한다. 첫 열차가 6시 5분 전에 도착하는데 역에서 경비실까지는 부지런히 걸어서 10분 걸린다고 한다.

　나는 별로 신경 쓰지 말라고 하며 밤에 잠을 자는 방법과 새벽에 해야 하는 일들에 관해 물었다. 그는 자기는 경비실에서 그냥 의자를 약간 뒤로 뉘어 놓고 잔다고 했다. 그래도 10시부터 새벽 3시까지 5시간인데 불편하지 않으냐고 하니까 이제 한 2년 되니 습관이 돼서 괜찮다고 한다. 나는 그렇게 잘 자신이 없어 다른 잠을 잘 곳이 있느냐 물으니 지하주차장에 휴게실이 있는데 그곳에서 잘 수 있을 테니 낮에 한번 살펴보라고 한다. 그리고 어제 이야기했지만 전 감사를 조심하라고 다시 일러 주며 이유는 곧 알게 될 것이고 또 겪어보면 알 수 있는 일이라고 한다.

　이번에 일하게 된 아파트의 근무 형태는 총경비원 수는 7명이고 하루에 5명이 근무하게 된다. 3명은 아침 8시에 출근하여 밤 8시에 퇴근하고 일요일은 쉰다. 1동 경비실과 정문경비실에 근무하는 경비는 24시간 맞교대로 근무하며 밤 8시부터는 전체 동을 맡아 순찰 등을 행하고 일요일도 전체 동을 관리한다. 1동 경비실에서는 밤 10시부터 새벽 3시. 정문 경비실은 12시부터 새벽 5시까지를 야간 휴게 시간으로 사용한다.

아침 8시가 되자 오늘 근무할 경비원 5명이 모두 모였다. 경비원들은 8시 출근시간에 맞추어 관리실 당직자가 가지고 있는 출근부에 서명하고 경비일지를 반장에게 제출하면 반장은 소장의 결재를 받아 다시 각 경비실로 돌려준다. 반장은 면접 때 안내를 하던 사람으로 구면이다. 노인장으로 보였는데 알고 보니 나와 동갑이다.

반장의 소개로 나머지 3명의 동료와 인사를 나누고 경비실로 돌아오던 중 경비실이 같은 방향에 있는 5동 담당 경비가 우리 경비실에 잠깐 들려 커피 한 잔씩을 타서 마시며 얘기를 나누는데 그는 대뜸 우리 경비실에서는 우선 전 감사를 조심해야 한다는 것이 그의 첫 마디였다. 전 감사란 사람은 잘난 체함은 물론 경비는 말할 것도 없고 관리실까지 소위 쥐를 잡듯 한다며 열을 올린다.

10시경 반장이 찾아왔다. 일에 관하여 통상적인 것을 알려주기 위함인데 다른 아파트의 업무와 대동소이하다. 반장도 우리 동에 사는 전 감사 얘기를 한다. 벌써 몇 번째 듣는 얘기다. 그

| 1부 | 나의 경비 생활

런데 나는 그 사람이 성은 전씨이고 동 대표의 감사직을 맡고 있는 사람인 줄 알았는데 그게 아니고 벌써 4년 전 동 대표회의에서 감사직을 맡았었다고 한다. 그러니까 전, 전 대표회의 감사였던 것이다. 그때 대표회의 감사를 그만두고 나서도 경비가 바뀔 때마다 경비를 불러 세워 놓고 내가 대표회의 전 감사인데 하고 군기를 잡던가 겁을 주기 시작하여 전 감사로 불린다고 했다.

11시쯤 되었을까 저쪽 편에서 한 사람이 걸어오는데 몸집이 크지는 않으나 균형이 잡히고 단단한 근육질 몸매로 나이는 꽤 들어 보였다. 내 앞에 다다랐을 때 나는 벌써 경비 일이 몸에 뱄는지 "안녕하세요." 하고 인사를 하고 있다. 그는 멈추어 서더니 "당신이 이번에 새로 온 경비야. 어디 이름이 뭐야." 하면서 다짜고짜 내 명찰을 잡아 자기 눈앞으로 끌어당기고 이름을 확인한다. "나는 이 동에 사는 전 감사라고 하는데 경비들이 나한테서 많은 것을 교육도 받고 배우고 하지." 하면서 경비 생활을 얼마나 했느냐고 묻기에 한 4년쯤 했다고 대답하자 "그러면 어느 정도 알겠구만." 하면서 우선 자기가 과거에 경비를 자른 얘기부터 시작한다.

즉 자기 말을 안 들으면 경비에서 잘릴 수 있다는 공갈 협박적인 얘기부터 여기 지금의 소장도 전에 이곳에서 근무하다가 쫓겨났는데 자기가 다시 불러서 소장 자리에 앉혀 놓았단다. 그리고 지금 경비들이 소속되어 있는 회사는 자기 친구가 사장인 회사로 가끔 만나 소주도 마시고 하는 사이라고 한다.

처음부터 이런 말 저런 말 모두 동원하여 경비를 겁주고 어르려는 수작이거니 생각하면서도 한편으로는 퍽 피곤하겠구나 하는 생각이 든다. 한 20분쯤 넘게 처음 보는 전 감사라는 사람에게 붙잡혀 허튼소리 듣고 나서 하던 일을 마치고 경비실에 들어왔는데 조금 전에 경비실에서 반장이 일러주던 일 처리 중 신문에 관한 얘기가 다시 떠오른다.

새벽 3시에 기상하여 경비실로 오면 우선 전체 동 순찰을 한 바퀴 돌아본 뒤 쓰레기와 음식물 수거 현장을 살피고 정리를 마칠 때쯤이면 신문이 배달되고 우리 경비실에는 조선일보를 놓고 가는데 이 신문은 펴보지 말고 접힌 그대로 전 감사의 집 문 앞에 가져다 놓아야 하며 발소리 등을 내어 자는 사람이 깨지 않도록 하라는 것이다.

내가 왜 그렇게 해야 하느냐고 묻자 반장은 그냥 자기가 오기 전부터 그렇게 해 왔었다고 한다. 나는 속으로 정말 형편없는 사람이구나. 정말로 그렇게 해야 권위가 서고 또 대단한 사람처럼 여기어진다고 생각할까? 하기는 감투를 얼마나 좋아하면 아파트 대표회의 감사 감투를 벗은 지 몇 년이 지났는데도 전 감사라고 자기를 소개할까? 으스댈 수 있는 대상도 경비뿐인데 말이다.

　이렇게 2달 정도가 지나 이곳의 경비 생활에 제법 익숙해질 무렵 우리 동에 또 1명의 젊은 진상이 살고 있음을 알았다. 나이는 20대 후반으로 전 감사 옆집에 부모와 함께 살고 있는데 대학원생이라고 한다. 이 사람은 평소에는 있는지 없는지조차 모르는데 술만 들어가면 완전히 개가 된다. 술에 취하면 아파트 입구까지는 어떻게 찾아오는데 일단 정문에 들어서면 주특기가 큰 대자로 뻗기라고 한다.

　내가 근무를 시작한 후 몇 개월 동안 119 출동만 2번이고 내가 억지로 붙들고 집 앞까지 데려갔던 것이 3번, 그런데 처음에는 집에다 연락하니 알았다고만 하고 도통 나와 보지를 않는다. 그도 그럴 것이 술 취한 망나니 자식이 어느 부모인들 탐탁히 여기겠는가?

　6월 중순, 어린이 놀이터 벤치에서 인사불성이 된 이 진상 입주민을 발견한 것은 새벽 3시가 좀 넘은 시간, 새벽 순찰을 돌다가 발견하고 어렵게 집으로 데려다준 뒤 혹시나 하여 주변을 다시 살피니 벤치 모퉁이 옆에 떨어져 있는 지갑을 주워 부모에게 주었고 이후에도 이와 비슷한 일로 두 차례나 데려다주었는데 그때마다 핸드폰, 심지어는 가방까지 찾아 돌려주었다. 또 어느 날은 엘리베이터 안에서 소변을 보는 바람에 걸레, 쓰레받기 등 모든 것을 동원해서 1시간가량 고생한 적이 있는데 다음 날 보니 아마도 기억을 하지 못하는 것 같았다.

그러던 8월 무더운 어느 여름날 밤 전화벨 소리에 깨어나 전화를 받으니 술 취한 목소리로 문을 열라고 한다. 시간은 새벽 1시. 우리 아파트는 공동 현관이 설치되어 출입 시 리모컨이나 비밀번호를 이용한다. 문을 경비에게 열러 달라는 것은 외부인이거나 술 취한 사람 등이다.

누구냐고 물으니 입주민이라고 한다. 어쩔 수 없이 지하주차장 가운데 있는 휴게실에서 좀 걸어 나와 문을 열어주고 되돌아왔다. 이제 남은 1시간 반은 그냥 뒤척이다 보면 3시가 된다. 경비에게는 취침 시간을 빼앗기는 것은 상당히 괴로운 일이다.

다음 근무일에도 똑같은 일이 반복되었다. 사람도 시간도 같았다. 그런데 일은 진작 그다음 근무일에 일어났다. 같은 시간에 또 전화벨이 울렸고 또 젊은 그 입주민이 술에 취해 문을 열어 달라는 것이다. 나는 전화를 받고 무의식중에 "○○놈 장난하나." 하고 중얼댔다. 그런데 내 전화기는 구형의 폴더식 전화기라 미처 전화기가 접히기 전에 그 말이 전송된 모양이다.

내가 문을 열고 나오자 "야 이 새끼야 너 지금 뭐라고 그랬어. 뭐라고 그랬냐고." 하면서 대뜸 멱살을 잡는다. 그자가 몸집이 작았으니 망정이지 크고 힘이 세었다면 그냥 꼼짝없이 당하는 순간이다.

나는 잽싸게 뿌리치며 이게 무슨 짓이냐고 했지만 조금 전에 "○○놈 장난하나." 하는 말을 한 것이 머리에 떠오른다. 당황한 나는 "내가 무슨 말을 했는데, 술김에 뭐 잘못 들은 거 아니요." 라고 하자 누구를 병신으로 아느냐며 방방 뜨고 있다. 나는 지금 술이 많이 취했으니 나중에 술이 깬 뒤에 얘기하자며 억지로 돌려보냈지만 내가 한 말보다 막냇자식보다 훨씬 어린놈에게 새끼 소리 듣고 멱살까지 잡힌 분함에 더 이상 잠을 이룰 수 없었다. 그 일 후 나는 그놈을 만났을 때 내가 할 말과 행동을 수없이 생각하고 했지만 그놈은 오지 않았고 오히려 멀찌감치서 나를 발견하면 피하는 것 같은 느낌을 받았다.

　8월 말 나와 맞교대하던 동료가 재계약을 하지 못하고 이곳 경비 일에서 떠나게 되었다. 재계약이 안 된 이유는 전 감사가 지시한 말을 무시하고 이행하지 않자 전 감사는 소장을 추궁했고 소장은 다시 동료 경비를 불러 사실을 조사했는데 동료가 대답을 제대로 하지 않은 것이 사유라는데 나도 더 자세한 내용은 알지 못한다.

　그런데 다음 날 더 씁쓸한 얘기가 들려왔다. 내용인즉슨 계약이 만료되는 동료의 근무 만료시간이 다음날 새벽 6시인데 이날 밤 동료의 근무 사실을 믿지 못하는 소장은 반장을 불러 10시까지 남아 동료의 근무 실태를 감시하고 10시 이후에 당직자에게 보고하고 퇴근하라 지시했고 반장은 이 지시를 철저히 이행하고 동료들에게 이를 무슨 무용담처럼 얘기하는 것이다.

전 감사의 경비에 대한 감시는 계속되었다. 다행인지는 몰라도 나는 전 감사와는 별로 나쁘지 않은 관계를 유지하며 근무를 계속해 왔다. 물론 휴게 시간이던 어떻든 낮에는 책을 보던가 하는 행동은 삼갈 수밖에 없었고 그나마 조금 남아있던 자존심마저 여러 번 버려야 했다.

전 감사의 눈에 벗어나면 어떤 꼬투리를 잡혀서라도 계속 근무하기가 위태로워지는 것은 사실인 것 같다. 그리고 소장을 그가 데려왔다는 것도 또 소장이 전 감사 앞에서는 꼼짝 못 하는 것도 여러 차례 보아왔다.

어느 날 전 감사는 나에게 다가와 8시에 퇴근하는 건너편 동의 경비 2명이 퇴근시간이 10분도 더 남았는데 집에 갈 준비만 하고 군기가 쏙 빠졌다며 나에게 좀 살펴보고 얘기를 해 달라고 한다. 어이가 없다. 내가 동료를 어떻게 감시하며 설사 어떤 불합리한 사실을 안다고 하여도 무슨 영광을 누리겠다고 고해바친단 말인가.

9월 초순 어느 날, 새벽 5시경 인터폰이 울렸다. 인터폰에서는 다급한 목소리로 "빨리 좀 와주세요. 빨리요. 맞아 죽게 생겼어요." 나는 급히 정문 경비실로 달려갔다. 한 젊은 사람이 술에 잔뜩 취해 경비실 문을 걷어차며 문을 열라고 야단이다.

내가 다가가서 진정시키려 하자 "너는 뭐냐. 나 여기 5동 입주민인데 너희 경비 놈들 오늘 다 죽었어." 하며 나에게 달려들 기세이다. 다행히 그때 경찰차가 경광을 울리며 다가왔고 두 명의 경찰관이 차에서 내리자 경비실에서 떨고 있던 경비도 문을 열고 나왔다. 경찰이 당신이 신고하였냐고 하자 그렇다며 자초지종을 얘기한다.

한 10분 전쯤 외부 차량이 진입하려 하자 경비는 차량을 정지시키고 방문 세대와 목적을 간단히 물었는데 옆 좌석에 타고 있던 자가 내리면서 나 이 아파트 5동에 사는 입주민인데 몰라보고 건방지게 군다며 차량은 진입시키고 경비에게 욕설을 퍼부으며 행패를 부리기 시작했다는 것이다. 경찰이 개입한 이 상황에서도 입주민은 이 경비 새끼가 나한테 욕을 했다며 난리를 피고 있다.

얘기를 들은 경찰은 입주민에게 파출소까지 동행해 줄 것을 요구하였으나 거절하자 경찰이 현행범으로 긴급 체포하겠다며 수갑을 꺼내자 입주민은 경찰차에 올랐고 경비에게는 끝나는 대로 파출소로 와 줄 것을 요구하고 모두 현장을 떠나갔다.

그런데 이 입주민은 불과 한 달 전 정문 경비실 경비원에게 시비를 걸어 3년 넘게 이 경비실에서 근무하던 경비를 쫓겨나게 한 그 사람이었고 이번에 당한 경비는 한달 전 쫓겨난 경비의 후임으로 이 경비실에서 일을 시작한 지 채 한 달이 안 되었고 아직 근무 상황을 모두 파악하고 있지 못한 상태에서 당하고 있는 것이다.

다음 근무일 오전 정문 경비실 근무자가 내 경비실을 찾아와 그 후에 벌어진 일을 이야기한다. 그날 퇴근과 함께 파출소를 거쳐 경찰서까지 가서 조서를 작성했고 결국은 너무 억울해서 그 입주자를 구두로 고소하였다는 것이다. 그러나 이 일은 결국 정문 근무자가 또 쫓겨나는 결과를 낳았다.

10시쯤 정문 경비실 경비원을 소장이 불러 자초지종을 묻자 정문 경비원은 전날 일어난 일의 상황을 보고하니 소장은 정문 경비실 경비에게 지금 당장 5동의 그 입주민을 찾아가서 빌든지 어떻게 하든지 하여 용서를 받아오지 못하면 그 시간부터 여기 경비 일을 그만두라는 것이다. 정문 경비실 경비원은 너무 억울하여 자기가 빌어야 한 사안이 아니라고 하자 소장은 조금의 망설임도 없이 그러면 당신이 그만두라는 것이다. 결국 그날짜로 정문 경비실 경비는 경비 일을 그만둘 수밖에 없었다.

떠난다는 인사를 온 정문 경비실 동료에게 나는 할 말이 없었다. 그리고 세상이 아무리 막돼먹고 돈이 제일인 세상이 되었지만 이것은 무언가 단단히 잘못되었다는 생각에 허탈감마저 들었다. 그 5동 입주민은 30대 중반으로 별다른 벌이도 없이 그저 술이나 얻어 마시고 양아치같이 멋대로 살아가는 자라고 주변에서 귀띔해 준다. 다행인지 우리 동이 아니라서 나와는 별로 부딪칠 일이 없다. 그날도 그는 입주민이라는 세도 하나로 관리실에 가서 경비들 교육을 잘못시켰다며 행패를 부렸다고 한다.

그렇다고 별 잘못도 없는 경비를 자르는 소장의 행태도 탐탁한 것은 아니다. 규정에는 소장이 직접 경비를 자를 수 있는 인사권을 없다지만 관행상 경비를 자르는 일은 거의 소장의 전유물이 되어 있다시피 한다. 소장 또한 본인의 안위를 위하여 진상 입주민이나 입김이 좀 센 입주민의 요구가 있으면 따르고 있는 것이 현재의 형편이라고들 한다.

경비반장이 경비실에 들렀다. 며칠 후 회장님 딸 결혼식인데 그냥 있을 수 없으니 우리도 한 2만원 정도씩 걷어 경비들 공동 명의로 부조를 해야 할 것 같다며 나의 의견을 묻는다. 나는 남들이 한다면 나도 내겠다며 그 자리에서 2만원을 건넸다.

결혼식에는 경비들을 대표해서 반장이 다녀오기로 했다. 그런데 결혼식 후 한 일주일쯤 지났을 때 돌연 반장이 그만둔다는 얘기가 들려왔다. 나는 궁금하여 그런 소식에 좀 밝은 오래 근무한 동료에게 까닭을 물으니 결혼식 날 반장이 좀 잘 보이려고 그랬는지 식장에서 설치다가 회장의 미움을 샀다는 얘기였고 더 이상은 알지 못한다고 했다.

아침저녁으로 제법 선선한 바람이 불어오는 9월이다. 경비실에서 점심을 먹고 잠깐 휴식을 취하고 있는데 전 감사가 다급하게 경비실로 오더니 큰 소리로 호통을 친다.

"지금 옥상 물탱크에서 물이 넘쳐 뒤쪽이 물바다가 되는데 경비가 뭐하고 앉아 있는 거냐?"

나는 얼른 뒤쪽으로 달려가니 옥상에서 물이 떨어지고 있다. 이곳은 전에도 이런 일이 있어 물이 떨어지는 곳에 깊지는 않지만 물이 빠질 수 있는 정도의 임시 배수 도랑을 만들어 놓고 있는 곳이어서 옥상의 물탱크에서 물이 나오는 것을 조치만 하면 별다른 문제는 없는 곳이다.

그런데 전 감사는 무슨 큰일이나 난 것처럼 법석을 떨며 일을 지휘한다. 전 감사는 "경비는 빨리 뛰어가 소장한테 알려 빨리 빨리 뛰어. 발이 안 보이게 뛰어!" 나는 전 감사의 호통을 들으며 어이가 없었지만 빠르게 경비실에 들어와 인터폰으로 관리실에 상황을 알렸다.

전 감사가 이 상황을 발견했다고 보고를 해서인지는 몰라도 소장은 잠시 후에 담당 직원과 함께 허겁지겁 달려와서는 어쩔 줄 몰라 한다. 관리사무소의 담당 직원은 어떻게 하여 물이 넘치는지를 자기 생각이라며 설명하고는 곧 수습하겠다며 옥상으로 올라가고 소장은 전 감사의 눈치를 살피며 비위를 맞추기에 열심이다. 잠시 후 소장과 전 감사도 옥상의 현장으로 올라가고 나는 창고에서 삽과 괭이를 가져다 배수로를 조금 손을 보니 더

할 것이 없다.

얼마 후 소장과 함께 옥상에서 내려온 전 감사는 경비실로 들어와 일장 훈시를 한다. 전 감사의 말은 경비는 군대의 5분 대기조와 같이 항상 모든 상황에 대비하여 준비하고 있어야 하고 이번 일 같은 경우도 자기가 발견하지 못하였으면 뒤편이 물바다가 되었을 것이고 또 지하로 물이 들어갔었으면 당신들은 모두 여기를 그만두어야 하고 근무 태만으로 변상까지 하여야 한다는 것이다. 전 감사가 일을 너무 비약하여 말을 하고 있지만 소장이나 나는 아무런 대답도 하지 못하고 앞으로는 이런 일이 없도록 하겠다는 말만 되풀이했다.

추석이 며칠 남지 않았다. 반장이 그만두고 새로운 반장이 왔다. 상당히 활달한 성격에 사교성도 꽤 있는 것 같았다. 반장이 우리 경비실에 들렀을 때 시원시원한 말솜씨는 좋은 것 같은데 허풍이 좀 있을 것 같다는 느낌이 들었다. 언제 알아 놓았는지 전 감사와도 상당히 통하는 것처럼 얘기한다. 어찌 되었든 우리 경비들을 위해 나쁠 것 같지는 않았다.

그런데 나는 요즈음 시험공부를 근무일에는 거의 하지 못했다. 바로 경비실 옆을 지나는 동 출입구와 더불어 여기서는 경비가 어떤 이유이든 책을 본다는 것이 통하지 않는 것 같았다. 책읽기 등이 보장되는 휴게 시간 같은 것도 별 소용이 없을 것 같다. 만약 책을 본다는 소리가 소장이 아니라 전 감사의 귀에 들어간다면 그것은 안 봐도 뻔한 그런 결말일 것이다.

추석이 지나고 나뭇잎이 떨어지기 시작하면 눈코 뜰 사이 없이 낙엽 제거 작업에 매달리게 된다. 구역을 나누었지만 내 담당 구역에도 은행나무 느티나무 등을 비롯한 낙엽수들이 한 2개월간은 정신없게 만든다.

시험을 일주일 정도 앞둔 11월 하순. 걱정을 해서 그런지 감기 기운이 온몸에 돈다. 다행히 시험날은 근무일이 아니어서 시험을 위한 별다른 조치가 필요 없는데 시험 이틀 전부터 온몸이 주저앉을 듯이 무겁고 아프다. 시험을 못 치를 수도 있겠구나 하는 걱정이 앞선다.

드디어 시험 날. 몸의 컨디션은 최악이다. 다행히 지난번에 1차 시험은 합격했기에 이번 시험은 2차만 보면 된다. 그러나 시험장에 들어선 나는 정말로 멍하니 정신이 하나도 없다. 어떻게 치렀는지도 모르게 시험을 끝내고 돌아와 발표된 가 답안에 맞추어 보니 90점을 넘을까 말까 한다.

이번에도 합격선이 90점대 중반이 될 것이란 예상이고 보면 이번 시험도 틀린 것 같다. 다행이라 할 것도 없지마는 여기에서는 시험에 관한 내색을 하지 않았으니 그냥 혼자만의 낙심일 뿐이다.

| 1부 | 나의 경비 생활

12월이다. 올겨울에는 많지는 않지만 눈이 제법 자주 내린다. 낮에 내리는 눈은 사람이 여럿이 있어 별문제가 없으나 밤이나 새벽에 내리는 눈은 정문 경비실 경비와 둘이서 급한 대로 숨통을 틔어 놔야 한다. 밤에 지하에 있는 휴게실로 자러 가면 밖에는 눈이 오는지 어떤지는 알 길이 없고 또 안다고 하더라도 별 뾰족한 방법도 없다.

3시에 일어나 밤사이 눈이 내렸거나 눈이 내리고 있으면 우선 급한 것이 후문 쪽 약간 비탈진 지하주차장의 진출입로 약 50m이다. 눈을 치고 쓸고 염화칼슘을 뿌리고 두 시간 정도는 목구멍에서 더운 기운이 확 올라오도록 정신없이 작업해야 한다.

몸에 열이 많은 나는 온몸이 흠뻑 젖어 속옷은 반드시 갈아입어야 할 정도가 된다. 이렇게 새벽에 난리를 치고 집에 돌아오면 정말이지 아침밥을 해먹을 기운조차 없어 라면 한 개 끓여 먹고는 그냥 자리에 눕는다. 올겨울에도 이런 경우가 서너 차례 있었다.

다시 새봄이 왔다. 올해는 어떻게 하던지 경비지도사 시험을 마무리 지어야 한다. 합격을 하면 다행일 테고 만약 또 떨어진다면 이제는 포기하던지 해야 할 판이다. 이제 합격을 위해서는 경비실에서도 짬을 좀 내서 책을 보는 방법을 찾아야 한다.

나는 처음에 했던 대로 휴게 시간에는 휴게실을 최대한 이용하고 외워야 하는 것들은 간단히 노트하여 경비실에서 짬짬이 이용을 하는 수밖에 없다고 생각했다. 또 그러자면 좀 비겁하지만 전 감사와의 관계도 좀 다져 놓아야 할 것 같다.

경비실 앞마당에 한창 만발했던 벚꽃이 이제 떨어지기 시작하여 수시로 쓸어야 하는데 저쪽에서 전 감사가 걸어온다. 무슨 일인지 상당히 기분이 좋아 보였다. "그 꽃잎 쓸어도 쓸어도 한동안은 계속 떨어질 텐데 힘들어서 어떻게 계속 쓸어!" 좀처럼 전감사의 입에는 나오기 힘든 말이다. 이내 내가 받아서 "감사님 오늘 무슨 좋은 일이 있는가 봐요?" 하고 물으니 전 감사는 "우리 큰딸이 여대 피아노과를 나와 여자중학교에서 음악선생을 하고 있는데 글쎄 장학사라나 뭐 그런 시험에 합격해서 이제 다음번 인사 때에는 교육청에서 일을 할 것 같다고 하네." 하며 자랑을 한다.

나는 이때다 싶어 내가 알고 있는 장학사와 연구사 되는 방법과 되고 나면 받는 승진에 유리한 점 등에 관해서 일사천리로 설명하기 시작했다. 교육청에서만 근무한 경력이 이십 년이 넘으니 내 분야가 아니라도 잘 알고 있었다.

전 감사는 깜짝 놀란다. 그리고는 그런 것들을 어떻게 그렇게 잘 알고 있느냐고 물었다. 나는 약간 목소리에 힘을 주며 교육청에서 한 삼십 년 근무했었는데 그런 거야 모르면 이상한 것이지요. 내 친구들 중에도 중·고등학교 교사 하던 친구가 많이 있는데 장학사와 연구사를 거쳐 교장 되고 장학관 되고 연구관

된 친구들이 여러 명 되지요 하면서 교육계의 직제 직명 또는 되는 과정들을 설명해 주었다. 이에 전 감사는 상당히 놀라면서 나에 대한 인식을 새로이 하는 것 같았다.

　4월부터는 점차 시험공부에 박차를 가하기 시작했다. 1차 시험 면제까지 까먹었으니 1차, 2차를 모두 다시 공부하여야 한다. 제일 힘든 경호학은 비 근무일에 하고 그다음이 경비업법 그리고 잔여 시간을 이용하여 1차 과목을 틈틈이 하는 그런 방식을 택했다.

　나와 교대 근무를 하는 동료가 일을 그만두었다. 그만두었다기보다는 잘렸다. 이유인즉슨 교양이 없다는 것이다. 일을 마친 동료는 지하실에 내려가 팬티만 입고 샤워를 한 모양이었다. 별도의 샤워 시설도 없으니 주차장 한쪽 구석에 마련된 미화원 아줌마들의 세척장을 이용하여 샤워하는 것을 누가 보고는 경비가 지하실에서 팬티 차림으로 돌아다녔다고 일러바친 것이다.

　솔직히 지하주차장에서 샤워한 것이 잘못된 것인지는 몰라도 그 장소는 지하주차장에서도 한쪽 편의 좀 외진 곳으로 남의 눈에 그렇게 잘 띄는 장소는 아니었다. 어찌 되었거나 저녁에 지하주차장에서 샤워한 것은 사실이니까 꼼짝없이 당하는 것이다.

아파트에서는 입주민이 왕이니까 입주민 두세 명만 합세하여 얘기하기 시작하면 당해낼 방법이 없다. 관리소장이야 자기 밥줄 지키기 바쁘니까 경비 자르는 것쯤은 대수롭지 않게 여기고 있다. 오히려 자리 보존을 위하여 별 잘못이 없는 경비를 자르는 일도 허다하다. 지난번 차량관리 때문에 난동을 부린 입주민 사건처럼 말이다.

나는 6시에 출근하면 먼저 동 주변의 청소부터 시작한다. 내가 아침마다 하는 청소 구역 중에 벤치와 소규모 운동기구 등이 있고 나무가 몇 그루 서있는 조그마한 공원이 있다. 이 공원을 청소하는 데 한 30분 정도 걸리는데 비가 오지 않는 날 아침에는 할머니 입주민들이 예닐곱 명쯤 모여 아침 산책 겸 담소를 나누는 장소다.

나는 청소를 할 때 이 할머니들이 모여 있는 시간대를 가급적 피하려 한다. 특별한 이유는 없으나 청소를 하기 위해 공원에서 할머니들을 마주쳐 "안녕하세요." 하고 인사하고 청소를 시작하면 나의 자격지심인지는 몰라도 할머니들은 인사를 받는 것부터 이것저것 참견하고 지시하는 것이 마치 옛날 행랑채 할아범에게 집주인 마님이 지시하는 듯한 느낌으로 돌아오기 때문이다.

내가 이 아파트에서 경비원 생활을 한 지도 1년이 넘게 지나갔다. 그동안 우리 동료 경비원의 정원이 7명인데 8명이나 교체되었다. 일이 싫으면 그만둘 수도 있겠지만 8명 모두 본인의 의사와는 상관없이 쫓겨나고 잘린 것이다. 경비 일자리라는 것이 열심히 하느라고 해도 어느 날 재수 없이 어떤 일을 당하게 되면 별 잘못도 없이 일자리가 빼앗겨진다.

5월 말. 나는 또 경비 일을 그만두기로 마음먹었다. 어차피 시작했던 공부였으니까 경비 일자리와 자격증을 맞바꾸어도 괜찮겠다고 생각했기 때문이다. 시험일까지 남은 4개월 반은 시험공부에 몰두하고 12월부터 다시 일자리를 구해볼 작정이다.

그러나 경비 일을 그만두고 열흘쯤 지나자 괜한 불안감이 엄습해 온다. 하나하나 따지면 별다른 이유도 없는데 그냥 불안하고 초조하다. 시험공부를 열심히 하여 자격증을 딴다고 해도 별다른 소용도 없을 것 같은 불안감에 다시 책을 덮곤 한다. 여러 번 다시 생각한 끝에 다시 경비 일을 구해 보기로 하고 이제는 제법 단골이 되어버린 직업소개소를 다시 찾았다.

아파트 관리원

직업소개소에서 연락을 받고 면접을 거쳐 이번에 새로 찾은 일 자리는 집에서 그리 멀지 않은 곳에 위치한 3개 동에 370세대 규모의 아파트로 지금까지는 경비회사에 소속되어 배치되는 형 태의 경비원이었으나 이 아파트는 입주자 대표회의에서 직접 고 용하는 소위 경비의 직영 형태로 채용된 것이다.

경비원이란 경비회사에 채용되어 경비 업무에 종사하는 사 람이라고 경비업법에 정의되어 있어서 그런지 이곳에서는 부 르기는 경비라고 부르되 명찰과 서류 등에는 관리원으로 표시 된다.

이 아파트에 근무하는 경비는 모두 4명으로 2명씩 교대로 근 무하게 되어 있고 경비실은 정문 경비실과 후문 경비실로 두 곳이다. 나는 정문 경비실에 배치를 받아 근무하게 되었는데 내가 관리하여야 할 세대는 1동과 2동의 200세대로 다소 많은 편이다.

근무 첫날. 출근 시간보다 30분 먼저 출근하여 교대자로부터 근무에 관한 기본적인 얘기를 듣고 나서 그는 이번에 내가 채용된 자리에 여섯 명이나 왔었는데 내가 뽑혔다고 한다. 아마도 내가 경비원이 될 운을 타고났나 보다.

9시가 되어 관리실에 가서 관리실 직원들과 인사를 나누고 또 하루 일의 지시를 받으니 다른 곳의 일과와 대동소이하다. 나도 벌써 경비 생활이 4년이 되었으니 어지간한 일은 몸이 먼저 알고 있는 것 같다.

관리실에서 나와 경비실로 돌아오던 중에 후문 경비실에 들러 커피 한잔을 마시며 아파트의 상황과 조심해야 할 일들에 관해서 이야기를 듣고 또 궁금한 것은 묻고 하였는데 아파트 기전실에 기사로 근무하는 나이가 좀 많은 기사에 대하여 애기를 한다.

이 기사분은 이 아파트를 짓고부터 바로 기전반에서 일을 하기 시작하여 이 아파트 일에 대해서는 일에 능숙하고 또 터줏대감 행세도 겸하고 있어 관리소장도 마음대로 하지 못하고 시설에 관해서는 이 사람의 말을 대부분 듣고 있다고 한다.

그런데 현지의 일에는 능숙하나 별다른 자격증을 가지고 있

지 못하여 교대로 근무하는 다른 조의 젊은 기사보다 일에서
는 능숙하게 처리하나 자격증 때문에 부르는 호칭이나 급여 등
에서 차이가 있어 많은 스트레스를 받는 것 같다고 한다. 이런
관계 때문에 그와 맞교대 하는 젊은 친구들은 1년을 넘기지 못
하고 그만두고는 하는데 그 이유가 기전실의 업무 교대 시간에
이 사람이 자격증을 가진 젊은 친구들을 괴롭혀서라고 한다.

아파트 내의 모든 사정은 잘 알고 있는 이 사람은 경비들과
1명의 남자 청소원에게도 이것저것 시키고 마음에 들지 않는다
고 신경질을 내고 하여 여러 번 큰 소리가 났었다고 한다. 다행
이 근무조가 우리조가 아니어서 나와 부딪칠 일은 적은 편이나
가끔 일이 있다며 근무일을 바꾸기 때문에 같이 근무할 때가
더러 있다고 한다.

그리고 일 중에는 분리수거 일이 좀 벅차기는 한데 370세대에
서 배출되는 재활용품을 분리수거 하는 것도 바쁜데 이 와중
에 폐기 처리해야 하는 물건들을 슬며시 내어놓는 바람에 식사
시간에도 분리수거장을 비우지 못하고 꼭 교대로 분리수거장을
지키며 일을 해야 한다고 한다. 자리를 비우지 않았는데도 어
느 틈에 내어놓는 소형 폐기물 때문에 골머리를 앓는다고 한다.
일은 금세 익숙해져서 평소 일의 순서와 급한 일의 처리 등을
조정하여 처리하는 데 별 무리는 없는 것 같다.

며칠 후 저녁 식사를 마친 때에 내 나이쯤 되어 보이는 사람

이 경비실로 들어온다. 나는 직감적으로 기전실의 그 사람임을 알아챘다. 아마도 근무일을 바꾼 모양이다. 경비실로 들어온 그는 자기는 기전실에 근무한다고 하며 대뜸 기전실에서 자기와 교대 근무를 하는 젊은 친구의 험담을 시작한다. 심지어는 평소에 남들은 잘 쓰지 않는 용어까지 사용하며 한참 동안 험담을 늘어놓고는 자기와 같이 근무하는 경비 그리고 남자 청소원까지 싸잡아 형편없는 놈들이라는 등 듣기 불편한 말들을 늘어놓는다.

나하고는 오늘 이 시간이 처음 대면하는 자리임에도 거침이 없다. 나는 그냥 듣고만 있다가 할 일이 있다며 경비실을 나왔다. 아무리 생각해도 이해가 잘 안 된다. 뭐가 잘못된 사람이 아니고는 어떻게 처음 대면하는 사람한테 저렇게 말을 할 수 있는지…. 나도 조심해야 하겠다는 생각이 든다.

오늘은 이 아파트에 근무하면서 처음 대하는 분리수거일이다. 9시, 평소대로 관리사무실에서 일지 결재와 업무 지시를 받는 날이지만 분리수거일이라 다른 업무 지시는 없었다. 하루 세 번 돌고 있는 순찰도 오늘은 아침순찰 한 번뿐이다.

관리실에서 나와 바로 재활용품 분리수거를 시작했는데도 아침부터 바쁘게 돌아간다. 특히 박스를 포함한 종이류의 분류에 손이 많이 간다. 점심때가 좀 지나서 등산용 코펠과 버너가 쓸

만한 것 같은데 배출되었다. 얼마 후 입주민이 자기가 가져다 쓴다고 얼른 챙긴다.

　나는 말을 할까 말까 하다가 그 물건은 재활용 수거업체와 계약되어 있어 일단 이곳에 배출되면 가져갈 수 없다고 말을 하자 주민은 이 아파트 주민이 내어놓은 물건을 주민이 가져가는데 당신이 무언데 되니, 안 되니 하느냐면서 도리어 화를 낸다. 더이상 입주민과 상대해 보았자 나만 손해라는 사실을 이미 터득하였기에 나는 더 이상 말을 하지 않았다.

　이 아파트에는 음악 동호회 클럽이 조직되어 있어 그 활동이 활발한 것 같다. 이 조직은 입주자 대표회의 감사가 동호회 회장이고 대표회의 회장도 이 동호회에서 열심히 활약하고 있어 관리사무소에서도 무척이나 신경을 쓰고 있는 것 같다. 관리사무실 지하에 15평 정도 규모의 연주실을 갖추고 있고 구청에서도 상당한 지원이 있다고 한다.

　그런데 외형상으로는 상당히 권장되어야 할 것 같은 동호회 모임이나 내적으로는 문제도 좀 가지고 있는 것 같다. 이 동호회에서는 봄과 가을 두 차례 아파트 내에서 주민 위안 공연을 갖는데 우선 이 공연에 대해 반대하는 입주민도 상당수 있는 것 같았다. 각 세대는 세대별로 사정이 있고 또 고3 수험생을 둔 세대도 있고 한데 악기 연주 및 드럼 치는 소리 때문에 마찰을 빚고는 한다.

이 동호회는 우리 경비들이나 청소원 및 관리실 직원들에게
도 상당한 일거리를 가져다준다. 지하 연주실의 청소 및 관리,
그리고 외부 연주를 하러 갈 때면 그때마다 장비를 실어주고
또 다녀오면 다시 정리해 주어야 한다. 봄과 가을 공연 때에는
무대 설치부터 모든 준비를 우리가 맡는데 한 이틀 정도는 정신
없이 매달려야 한다.

대표회의 회장과 감사가 소속되어 있으니 관리소장은 신경을
쓸 수밖에 없고 그 여파는 자연스럽게 우리 경비들에게 돌아온
다. 우리 경비들의 임면권은 직영체제이니 당연히 대표회의에서
가지고 있다.

음악 동호회의 가을 공연을 며칠 앞둔 날이다. 후문 경비실에
근무하는 동료 경비가 동호회의 음악 연습실 청소와 정리를 하
다가 무엇인가를 잘못 건드려 전기 장비에 문제가 생겼던 모양
이다. 연습을 하기 위해 들어왔던 회장과 감사는 전자 장비 문
제로 연습을 못 하고 돌아갔고 그로 인해 연습실을 청소했던
동료 경비는 1주일 뒤에 일을 그만두어야 했다. 아마도 회장과
감사가 관리소장에게 무슨 말을 했었던 모양이다.

아침에 출근하니 경찰차가 경비실 앞 휴게소 옆에서 술에 취
한 듯한 젊은 남자와 승강이를 하고 있다. 나와 교대할 동료는

나에게 이 상황에 대해서 이야기한다. 동료가 아침 5시경 야간 휴게 시간이 끝나고 동 주변을 순찰하는데 휴게소 옆 작은 공터에 젊은이가 누워 있어 아무리 깨워도 소용이 없자 경찰에 신고를 하였고 이제 이 일은 경찰에 인계된 것 같으니 별 신경을 쓰지 않아도 될 것이라며 나와 인수인계를 마치고 퇴근을 한다.

나는 동료의 설명에 따라 별다른 신경을 쓰지 않고 경비복으로 갈아입고 아침 청소를 하는데 쓰러져 있던 그 남자는 계속 그 자리에 누워 있어 신경이 쓰이기 시작한다. 한 시간쯤 지나 아침 청소와 내가 해야 할 기본적인 일을 마치고 경비실로 돌아왔는데도 그 남자는 그 자리에 그대로 있다.

7시가 되자 출근을 하는 입주민들이 경비실에 들러 어찌 된 일이냐고 묻고는 한다. 나는 그 남자에게 다가가서 기본적인 것들을 묻고 집으로 돌아갈 것을 권했지만 대답은 하지 않고 귀찮다고 신경질만 낸다. 나로서 할 수 있는 방법은 다시 112에 신고하는 수밖에 없을 것 같아서 신고를 하니 곧 경찰차가 도착하였다.

내가 경찰에게 다가가서 조금 전에도 왔던 것 같은데 어떻게 된 것이냐고 묻자 경찰은 이 사람은 이 아파트 단지의 입주민이라서 단지 내에서는 어디에 누워있던 간에 경찰로서는 처리할 방법이 없으니 경비가 알아서 처리를 해야지 신고를 하면 어떻

게 하느냐고 좀 짜증스러운 반응을 보인다. 나도 황당하고 짜
증스럽기는 마찬가지다.

　경찰이 이 사람의 신원을 파악하고 경찰이 처리할 일이 아니
었으면 경비에게 그 사유와 이 사람의 동 호수만 알려 주었어
도 나는 그 동 호수의 가족에게 연락하여 처리할 수 있었을 것
이고 또 그 술 취한 사람은 경찰은 무서웠던지 경찰에게는 자기
신분을 알려주고 경비에게는 자기 신분을 알리기는커녕 오히려
신경질만 내는데 그리고 그 사람은 우리 관리 동의 입주자가 아
닌 3동에 살고 이사를 온 지도 채 한 달도 안 된다는데 경비는
어떻게 하라는 말인가? 그 사람이 거주하는 집에 인터폰으로
연락하니 사람이 있어 다행히 이 일은 그렇게 마무리되는가 했
는데 그렇지도 않을 것 같다.

　몇 시간 뒤 3동을 담당하는 동료 경비를 만나 얘기를 들으니
그 남자는 이사를 온 지 한 달쯤 되는데 경비실에서도 무척이
나 신경이 쓰이는 집이라고 한다. 멀지 않은 곳에서 야간 업소
를 운영하는데 가끔 술에 만취되어 경비실에 들러서는 엉뚱한
트집을 잡고는 한다는 것이다. 그리고는 그 남자가 술이 깨면
아마 경비실로 찾아올 것 같다고 말한다. 경비가 두 번이나 경
찰에 신고를 했으니 그 남자로서는 찾아올 법도 한 일이다. 그
러나 다행인지 며칠이 지나도 그 남자는 그 일로 인해 경비실로
찾아오지는 않았다.

9월이다. 아침저녁으로 불어오는 바람결이 계절의 변화를 실감 나게 한다. 경비지도사 시험도 40여 일 앞으로 다가왔다. 오랜 시간 준비했던 시험이기는 하지마는 막상 코앞에 닥치자 마음은 더욱 다급해진다.

이곳 경비실의 위치는 앞면과 옆면이 모두 통행로로 되어있고 또 정면에는 차량 통제 차단기가 설치되어 있어 차량 통제 업무 등으로 경비실에서 책을 보는 것은 거의 포기해야 한다.

또 이번 학교 개학 후부터는 정문과 후문에서 출근 시간대인 8시부터 30분 동안 차량 안전관리와 어린이 등교보호 활동을 하도록 지시를 받고 실시하게 되었다. 전에 근무했던 아파트에서 출근 시간 교통 관리 때에 차량에 대한 거수경례 문제가 머릿속에 남아 있기는 하지마는 이곳에서는 차량에 대한 경례는 요구하지 않고 그냥 교통안전과 어린이 등교 안전에 신경 쓰라는 지시를 받았다. 그러나 도보로 출근하는 주민과는 자연스럽게 인사가 교환되는데 경비가 먼저 인사를 하는 경우가 대부분이다.

추석이 며칠 남지 않은 어느 날, 관리소장으로부터 호출을 받고 관리사무실에 도착하니 후문 경비가 먼저 와 있었다. 아직 호출된 영문도 모르는데 소장이 무슨 서식인 듯한 종이를 꺼내 들고 나부터 관리실 옆에 붙어있는 회의실로 데리고 간다. 소장은 가지고 온 서식의 종이를 내 앞에 내밀면서 작성하라고 한다. 시말서란 제목의 용지였다. 나는 도대체 무슨 일로 시말서를 쓰라는 것이냐고 소장에게 물으니 소장은 무슨 이유인지 모르겠냐면서 나의 잘못에 대해 나무라듯이 말을 한다.

얼마 전부터 대표회의 감사가 나의 아침 출근시간 교통정리하는 것을 유심히 보아 왔는데 교통정리도 대충하는 것 같고 출근 차량에 대한 예의도 없다는 것이다. 나는 속으로 어이없어하면서도 이유를 생각해 보니 며칠 전 바로 경비실 앞 동에 살고 있는 감사가 음악 동호회의 외부 행사가 있다면서 스피커와 악기 등을 밖에 내어 놓고 차에 실으려 하고 있었고 이때에 같은 동호회 외부회원 차량도 2대 같이 있었는데 나는 마침 일이 있어 이들이 악기 등을 차에 싣는 것을 모른 체하고 다른 곳으로 갔었던 것이 화근이 되는 모양이다.

쉽게 얘기하면 다른 외부 회원도 있는데 경비가 악기 등을 싣는 일은 모른 체하고 가버려 자기의 체면이 손상된데 대한 일종의 보복일 것이라는 생각이 들었다. 이 일을 감사가 소장에게 어떻게 얘기를 하였는지는 몰라도 경비를 불러 내용을 확인할 생각은 하지도 않고 대뜸 시말서부터 쓰라고 하는 소장도 한편으로는 불쌍해 보이기까지 한다. 입주자 대표회에 얼마나 부담을 느끼면 이렇게 할까 하는 생각이 들기도 하지마는 한편으로는 나도 무척 기분이 상한다.

나는 시말서 용지를 소장 앞으로 내밀며 내가 그만둘 테니 이런 식으로 하지는 말자고 말하고 경비실로 돌아왔다. 한 시간쯤 뒤에 후문 경비실 동료가 찾아와서 조금 전 관리실에서 있었던 일을 이야기한다.

　올봄 내가 여기에 근무하기 전에 관리사무실에서 화분에 심을 나무와 화단에 심을 꽃을 사다가 심었는데 정문 경비실 쪽에 심은 나무와 꽃은 잘 자랐는데 후문 경비실 쪽은 꽃도 시원치 않고 나무도 죽어 간다는 것이다. 그 이유가 경비가 관리를 잘못하고 또 물을 제대로 주지 않아서 발생한 일이라며 책임을 추궁하더라고 한다.

　후문에서 근무하던 다른 경비는 이미 퇴직하여 사람이 바뀌었고 지금 나와 같은 조에 근무하는 동료는 이때 조를 바꾸어 나와 같이 근무하게 된 것이다. 상당히 신경을 써가며 물을 주고 가꾸었는데 이유도 모른 채 이런 소리를 듣고 보니 화가 나서 소장에게 한바탕하고 그만두겠다고 말을 한 뒤 관리실에서 나왔다고 한다. 마침 점심 휴게 시간이라 우리는 누가 먼저라 할 것도 없이 근처 식당으로 가서 점심을 먹었다. 어찌 되었든 오늘 근무는 해야 하기에 술은 삼가고 먹는 점심이 아마도 이 동료와는 처음으로 외식을 하는 것 같다.

　다시 경비실에 돌아온 나는 더 이상 일을 할 의욕도 없고 당장이라도 짐을 싸 들고 가고 싶으나 그럴 수도 없고 또 아무리 이런 식으로 그만둔다고 하더라도 인원을 채용할 수 있는 시간은 주어야 하겠기에 동료 경비와 상의한 후 추석 전인 9월 30일 자로 그만두기로 하고 사표를 쓴 뒤 관리사무소로 소장을 찾아갔다.

소장은 우리를 맞아 일회용 커피를 타오며 미안한 마음을 표시한다 어찌 생각하면 소장의 마음도 이해가 가기도 한다. 이런 것들은 소장의 본마음이라기보다는 자기도 살아야 하겠기에 나오는 어쩔 수 없는 행동일 것이다. 근본적으로는 아파트 대표회의 직책이 무슨 큰 감투나 되는 양 행세를 하러 드는 사람들에게 문제가 있지 않은가 생각이 든다.

이렇게 해서 경비를 직영으로 운영하는 아파트의 관리원 생활은 4개월 만에 그만두게 되었지만, 어차피 11월 하순에 있는 경비지도사 시험을 위해 10월 말에는 그만둘 생각이었다.

생각하기도 싫은 곳

늦은 나이에도 나의 많은 것을 퍼부어 준비했던 시험 날이다. 지난번에는 젊은 날만 믿고 덤비었다가 실패했으니 이번에는 침착하게 마음을 다잡고 임하리라 다짐했다. 그런데 나이는 어쩔 수 없었는지 시험장에서 문제지를 받아보니 그냥 멍하다. 아는 문제부터 체크하고 나니 그냥 지나친 문제가 절반 가까이 되는 것 같다. 더구나 시간이 별로 없으니 비슷하면 찍어야 한다.

이렇게 1차 시험을 마치고 진짜 합격이 달린 2차 시험시간, 가져온 두통약을 먹고 (괜히 멍한 상태를 조금이라도 벗어나 보려고) 심호흡을 하고 문제를 받아 보니 아는 문제가 많아 다행이라고 했지만 뒷부분에서는 알쏭달쏭한 문제가 나오기 시작한다. 어렵다기보다는 암기 문제가 나를 괴롭힌다. 경비업법에서는 두 문제를 찍었고 경호학에서는 찍은 문제가 다섯 개나 된다. 전년도의 합격선이 93점 정도라는데 정말 아슬아슬하다. 마음이 무겁다.

어찌 되었든 시험을 마치고 집에 돌아올 때 지난번처럼 소주한 병과 부침개 두 장을 샀다. 소주나 먹고 푹 자려는 심산이었는데도 컴퓨터 앞에서 가 답안 발표를 보고 있다. 경비업법의 찍은 두 문제 중 한 문제는 맞았고 또 한 문제는 모두 정답이다. 결국 다 맞은 것이다. 경호학은 찍은 문제 중 세 문제가 틀렸으나 95점은 넘는 것 같다. 더욱이 출제 평가에서는 이번 시험은 난이도가 높아 합격선이 90점 이하가 될 수도 있다는 예상이 많아 안심은 되었지만 묘하게도 심사가 뒤틀리며 무언가 손해를 보는 것 같은 기분도 든다.

시험 3일 후. 나는 또다시 직업소개소를 찾았다. 전에도 몇 번이나 찾아 일자리를 소개받은 곳으로 이제는 제법 안면이 있는 편이다. 이틀 후 연락을 받고 면접 시간과 장소를 확인한 후 면접 장소인 아파트 관리사무실에서 경비회사 담당 지도사와 관리소장을 만나 간단히 면접을 치른 후 12월 1일부터 근무하도록 근로계약서를 작성하고 12월 1일 5시 40분경 첫 출근을 했다.

이 아파트는 모두 10개의 동에 경비 각 1명씩과 정문 경비실(관리동이 없음)에 경비원 1명 등 모두 11명이 24시간 맞교대로 근무하는 강북 지역에서는 보통의 규모나 지은 지 이십 수년이 된 낡은 아파트로 지하주차장은 없고 15층의 30평형으로 모든 시설물이 낡고 구형이어서 다루기가 쉽지 않고 고장이 잦은 편이라고 한다.

나는 B조의 반장직을 겸하여 반장 경비실인 2동의 근무를 부여받았다. 일은 다른 아파트들과 같이 출근과 동시에 동 주변 청소부터 시작하여 9시에 소장이 출근하면 각 동의 경비일지를 모아 결재를 받고 그날의 업무에 관해 지시를 받은 후 이를 각 경비실에 전달하는 등이다.

오늘은 첫날. 가장 고참 경비원인 정문 경비실 경비원과 함께 각 경비실을 돌며 동료 경비원들과 인사를 나누었다. 정문 경비실 경비원은 나이가 좀 많고 경비 경력도 많은 베테랑 경비원으로 사실상 우리 B조 경비 업무를 좌지우지하고 있는 것 같았다.

각 경비실을 돌며 얘기를 나누어 보니 각 경비실의 동료가 나에게 하는 말 중에 공통적인 것은 몇 동 몇 호 아줌마를 조심하라. 또는 부녀회장이나 몇 동 몇 호 할아버지를 조심하라는 등의 얘기가 유난히 많았다.

근무 첫날 저녁. 가져온 도시락으로 저녁 식사를 마친 지 얼마 되지 않아 할아버지 한 분이 경비실의 문을 두드린다. 나는 반사적으로 일어나 문을 열며 "어떻게 오셨습니까?" 하니 말도

| 1부 | 나의 경비 생활

끝나기 전에 경비실 안으로 들어온 할아버지는 "나 여기 2동에 사는데 초대 회장도 했고 동 대표도 몇 년을 했다."며 담배를 꺼내 불을 붙인다. 몸에서는 술 냄새가 물씬 풍긴다.

　나도 이제 경비 생활 5년 차인지라 이 노인이 경비실 순회 인사 때 조심하라는 입주민 노인임을 직감적으로 느꼈으며 별다른 반응을 하지 않고 듣는 척하였다. 이 할아버지는 경비실 바닥을 재떨이 삼아 한 대를 다 피운 후 다시 한 개비를 꺼내 불을 붙인다. 상황이 길어질 것 같다. 나는 "참 내가 다른 경비실에 전해야 할 게 있었는데 깜박 잊고 있었습니다. 지금 좀 다녀와야 하겠습니다. 죄송합니다." 하고 말하고는 아무 책이나 대충 꺼내 들고 경비실을 나와 버렸다.

　한겨울에 경비실을 나와 다른 곳에서 시간을 보내는 것도 쉬운 일은 아니다. 더구나 오늘은 첫 근무일이다. 낮에 인사차 각 동의 경비실을 돌다 보니 7동 경비실에 칠십이 넘은 경비원이 근무하고 있어 그 경비실을 찾았다. 7동의 경비원도 사업을 하다가 IMF 때 털어먹고 경비 생활을 한 지가 10년이 넘는다고 하며 그는 2동의 그 노인에 대하여 얘기해 주었다.

　그 노인은 젊어서 전기통신공사에 근무했었고 퇴직 후 아파트 앞 골목에서 소규모 전기재료 및 담배 가게를 운영하고 있는데 특이한 것은 이 아파트에 근무하는 담배를 피우는 경비는 무조건 이 가게에서 담배를 사야 하며 만일 한동안 담배를 사러 오지 않거나 다른 곳에서 담배를 사다가 이 노인에게 걸리면 이것저것 핑계 삼아 괴롭히는 통에 한동안 고생 좀 한다는 것이다.

　며칠이 지난 어느 날 경비실에 인터폰이 울렸다. 20년 전 설치된 구형 인터폰이라 사용 방법이 익숙하지 않아 끊어지고 잠시 후 다시 벨이 울렸다. 그 노인이었다. 그는 왜 인터폰을 제때 받지 않느냐, 인터폰 받는 교육을 받지 않았느냐 하고 다그친 후 엘리베이터 안에 게시된 게시물이 왜 삐딱하게 붙어 있느냐며 시비조로 말을 해온다. 나는 즉시 시정하겠노라며 인터폰을 끊고 현장에서 확인 하니 세 개의 게시물 중 하나가 조금 삐뚤게 붙어 있었다.

　얼른 바로 잡아놓고 경비실로 돌아와 생각해보니 첫날 저녁 그 노인네가 경비실에 왔을 때 비위를 맞추지 않고 순찰을 간다고 나가 버린 것에 대한 반응이라고 생각되어 나름대로 책을 잡히지 않도록 조심해야 하겠다는 생각이 든다. 다시 며칠 후 동료들이 말하는 5동의 문제 여자 입주민이 경비실로 찾아왔다. 들은 바에 의하면 이 여자입주민 역시 관리실과 경비원을 대상으로 숱한 민원을 제기하였고 경비원 자르는 것쯤은 일도 아니라고 떠들고 다닌다는 입주민이라고 한다.

　내가 경비실 문을 열며 어떻게 오셨느냐고 묻자 일단 들어가

| 1부 |　나의 경비 생활

서 얘기하자며 경비실로 들어온다. 내가 관리하는 동은 2동이고 이 여자가 살고 있는 동은 5동이라서 직접적으로 얽히는 일은 없을 것 같은데…. 경비실에 들어 온 여자는 상당히 교양 있고 고상한 것처럼 예의를 갖추어 인사를 하고는 본인 소개를 한다.

결혼 전에는 강원도 어느 우체국에서 전화 교환수로 일했는데 결혼과 함께 그만두고 주부 생활을 한다고 한다. 이런저런 말을 나누다가 온 목적을 물었더니 5동 경비실에 근무하고 있는 경비원에 대한 험담을 시작한다. 우선 생긴 것부터 마음에 안 들고 동주면의 청소 상태 근무 복장 등 모든 것이 불량이고 이런 사람은 이번 12월 말에 잘라야 한다고 말한다.

나는 처음 대하는 나한테 와서 왜 이런 말을 하는지를 몰라 주춤하였으나 이내 너도 내 마음에 안 들면 자를 수 있다는 뜻이 담겨 있는 것같이 느껴졌다. 아직 모든 것에 대하여 잘 모르는 상태라 그냥 듣기 좋게 얼버무려 보내기는 하였으나 30분 넘게 시달렸다.

날씨가 춥다. 바람까지 더해져 소위 체감온도는 영하 10도 아래로 내려가 있는 것 같다. 어제 내린 눈은 어지간히 치우기는 하였어도 얼어붙어 오전 내내 정리 작업을 하였지만 아직 깔끔하게 정리되지는 않은 것 같다. 더구나 약간의 경사진 곳은 눈이 그대로 얼어붙어 있어 염화칼슘을 뿌렸지만 잘 녹지도 않는다.

오늘은 도시락을 가져오지 못하여 중국집에서 자장면을 시켜막 먹고 있데 기전실 주임이 들어온다. 주임은 식사 중이냐며 일 때문에 온 것이 아니니까 그냥 식사를 하라고 하면서 주머니에서 담배를 꺼내 불을 붙이더니 날씨가 추워서 밖에서 피우려니까 바람도 불고하여 담배 한 대 피우려고 들어 왔다고 한다.

나는 내색을 하지 않고 자장면을 다 먹고 나니 주임도 담배를 다 피웠기에 경비실문을 활짝 열어젖히며 주임에게 추운 날은 기전실이나 관리실 앞 복도 같은 곳에서 피우지 왜 떨어져있는 경비실까지 오셨느냐며 약간은 뼈있는 말을 건넸다. 그러자 주임은 나에게 담배를 피우지 않느냐고 묻고는 전에 있던 반장은 담배 골초라서 가끔 경비실에서 같이 담배를 피우고는 했었다고 말한다. 설사 그러하다손 치더라도 사람이 바뀌었는데 불쑥 들어와서 담배를 피우러 왔다고 하니 나는 당황스럽기도 하고 상당히 불쾌하기도 하다.

이곳이 경비실이 아니고 일반 사무실이었더라면 감히 담배를 피우기 위해 이곳에 들어올 생각이나 할 수 있었겠는가. 너무 비약적인 생각일지는 몰라도 경비실을 그만큼이나 우습고 만만하게 여기고 있는 것 같아 한편으로는 마음이 편치가 않다. 이후 짧은 시간이었지만 내가 이 아파트를 그만둘 때까지 다시

| 1부 | 나의 경비 생활

담배를 피우러 오는 일은 없었다.

　나는 처음부터 경비반장으로 근무를 시작하기는 하였으나 아직 여기의 모든 사정에 대하여 잘 알지를 못하고 또 올겨울 따라 첫 근무 날부터 상당히 많은 눈이 내려 제설 작업등으로 바쁘고 하여 업무에 관해서는 우리 조에서 제일 고참인 정문 경비실 근무자로부터 조언을 듣고 또 참고할 수밖에 없었다.

　정문 경비실 근무자는 우리의 일뿐만 아니라 경비들의 상황 돌아가는 것에 대해서도 많이 알고 있는 것 같았다. 그가 들려주는 말에 따르면 우리가 소속되어있는 경비회사와 여기 아파트와의 계약이 12월 말로 끝나게 되므로 재계약에 관해 회사에서 신경을 많이 쓰고 있다고 했다. 또한 우리 조의 11명 경비원 중 네다섯 명은 이달 말로 잘리게 될 것이며 이는 자기가 경비지도사와 관계가 괜찮아 그로부터 들은 얘기하고 했다. 경비원이 잘리는 이유는 입김이 센 입주민의 눈 밖에 나가거나 고령자 등이 될 것이고, 우리 경비원 중 국가로보터 취업 보조금이 회사로 나오는 2명은 절대로 잘리는 일은 없을 것이라 했다.

　12월 중순부터는 경비지도사가 삼사 일에 한번씩은 다녀간다. 그리고 입주자 대표회의 날은 회사 사장이 입주자 대표들과 만난다고 했고 덕분인지 경비용역 계약은 2년 더 연장되었다는 소식을 관리소장에게서 들을 수 있었다.

관리소장은 아파트 관리소장 경력이 10년이라는데 내가 보기에는 동 대표들 및 입김 센 입주자들의 등쌀에 상당한 고초를 겪는 모양 같아 보였고 또 입주민에게 여러 차례 봉변당하는 꼴을 보았다고 동료 경비원이 귀띔해 준다. 12월 31일. 우리 조의 경비대원 11명 중 누가 재계약이 되고 누가 실패하여 잘리느냐가 결정되는 날이다.

점심을 먹고 잠깐 쉬고 있는데 정문 경비실의 고참 경비가 찾아왔다. 그는 방금 경비지도사로부터 연락이 왔는데 그 내용을 경비반장인 나에게 전해주고 나는 그대로 실시하라는 것이다.

지시 내용인즉 우리 조 11명 중 재계약이 되지 않는 4명의 명단과 함께 이들 4명에게는 오늘 저녁 6시로 계약이 종료되는 사실을 알리되 관리소장이 퇴근한 후인 6시 30분 이후에 알리라는 지시였다. 비록 내가 여기서 한 달밖에 근무하지 않았지만, 이 4명의 동료가 재계약되지 못하는 이유를 알 것 같았다. 다른 동료들보다는 덜 고분고분하고 주민이나 관리사무소의 지시를 덤덤하게 받아 넘기는 그런 동료들이다.

이번에 대상이라던 45년생 2명의 경비원은 모두 무사히 넘어갔다. 한명은 정문 담당 경비로 경비지도사와 괜찮은 사이이고 또 다른 한명은 제법 입김이 센 부녀회의 일을 실질적으로 도맡아 총무의 일을 대신하고 경비가 동원되는 각종 부녀회 일을 맡아서 처리해 주고 있는 것이다. 부녀회에서 하는 일이란 부녀회 회장과 간부가 전국 각 지역의 특산물 등을 계절에 맞게 선별하여 구매하고 이를 입주민에게 파는 일이다.

이 일에 경비들이 동원된다. 부녀회에서 그 달에 구입할 물품을 정하여 공고문을 통하여 게시하면 입주민들은 이를 보고 구입할 수량과 금액 등을 자기 동의 경비실에 알리고 각 동 경비실에서는 지정된 날까지 수량과 금액 등을 집계하여 부녀회의 총무 일을 하는 7동 경비실로 알려주면 7동의 경비는 각 동에서 통보된 수량과 가격 등을 종합하여 부녀회에 보고하고 부녀회에 서는 이를 해당 업자에게 납품토록 하는 것이다.

이 일은 월 1회 실시되는데 1회 구입 시 한 품목이 아니고 몇 가지 종류의 물품이나 농수산물을 구입하여 판매하게 된다. 업자들은 주문된 물품을 정문 경비실까지 실어 오고 납품된 물품은 7동 경비가 다시 주문을 받은 각 동의 경비들에게 배부하며 각 동의 경비들은 이를 주문한 입주민의 가정까지 배달하고 대금을 받아 7동 경비실에 넘기면 7동 경비는 최종 정리 후 대금과 함께 결과를 부녀회에 보고하는 것이다. 한 번에 납품되는 물품의 양은 1톤 트럭 한 대 분을 넘는 경우가 일 년에도 여러 번 있다고 한다.

결국 힘든 일은 경비가 다 하고 생색은 부녀회에서 내는 것이다. 전에는 몰랐었지만 경비업법을 공부한 지금은 이런 상황들이 경비업법에 위반되어 경비회사의 명백한 취소 사유가 된다는 것을 알지만 그렇다고 내가 나설 입장은 아닌 것 같다. 또, 부녀회에서는 매년 1월 사업 실적을 게시판에 공고하여 자랑한다. 이런 덕분인지 7동의 45년생 경비는 재계약을 할 수 있었는데 이는 본인이 고령으로 재계약이 어렵다는 약점을 부녀회 일을 해주고 그 힘을 통하여 재계약을 할 수 있는 슬기로운 경비 생활일지도 모른다.

정문 경비실로부터 경비지도사의 지시사항을 전달받은 나는 이는 반장이 할 일이 아닌 것 같아 정문 경비에게 내가 동료 경비들에게 이 사실을 전하기는 너무 어려우니 경비지도사가 문자로 각 대상자들에게 통보하는 것이 어떠하겠느냐 하더라고 좀 전해 달라는 역제안을 부탁해 버렸다.

그리고 이날 오후 7시경 이들 4명의 경비원들에게는 각각 해고 문자 메시지가 전달되었다. 이러한 해고 통보 전달 사항의 거절이 한달 후에는 내가 이들과 같은 처지가 될 줄은 이때는 몰랐었다.

이곳에서의 경비 생활도 한달이 지나 2018년 새해가 되었다. 올해는 지난번 최저임금의 대폭 인상으로 인해 각 아파트의 경비들에게도 여러 형태로 영향을 미치는 것 같다. 전에 나와 같이 근무했던 동료는 올해의 급여가 월 210만원이 넘는다고 자랑하는 전화를 걸어 왔다.

지금 내가 근무하는 이 아파트도 최저임금 인상으로 인한 경비원들의 보수 문제로 고심 중인 것 같았다. 소장에게서 들은 애기로는 경비들의 보수 총액은 전년도 수준으로 하되 경비원 수를 줄이거나 근무 형태를 바꾸게 될 것이라 한다. 지난 12월 계약을 2년 연장했다는 우리 회사의 담당 지도사도 하루가 멀다고 관리사무실을 찾는 것도 이와 무관하지는 않은 것 같다.

　1월 하순 담당 지도사는 모든 경비원을 관리사무소 회의실에 모이게 하라고 나에게 지시하고 관리사무실로 들어갔다. 10여 분 뒤 경비의 집합 완료를 보고하자 지도사는 회의실로 들어왔다. 사각 회의용 탁자 둘레에 접의자를 놓고 동별 순서대로 둘러앉았다. 내가 집합 완료를 보고하자 지도사의 눈빛은 날카롭게 경비원들을 둘러보고는 분필을 집어 들고 뭔가 경비원들에게 설명을 시작한다. 정식으로 모든 경비들을 모아놓고 집합 완료를 보고하고 다시 인원을 확인하고 하는 모습이 40년 전 군대 시절을 생각나게 한다.

　지도사의 설명 내용은 우리 경비들의 근무 형태에 관한 것으로 전체적으로는 격일제 근무로 하되 한번은 24시간 맞교대 근무로 하고 다음 근무는 밤 10시 퇴근하도록 하는 것인데 11명의 근무자 중 5명이 퇴근한 후에 나머지 근무자를 어떤 순번에 의하여 어떻게 근무하도록 하느냐 하는 것으로 이런 근무 형태는 자기가 생각해 낸 것이며 이는 경비들의 여가 활용에 많은 도움이 될 수 있을 것이라고 자랑 겸 홍보를 한다.

공교롭게도 내가 2년 전에 근무했던 아파트도 이미 그때 종일 근무 및 10시에 퇴근하는 병행 제도를 운용하고 있었고 나는 이 형태에서 반년 정도 근무를 해본 적이 있다. 설명을 듣던 나는 잠깐 질문이 있다고 말한 뒤 내가 2년 전쯤 근무했던 아파트가 지금 말하는 것과 같은 형태로 경비원 근무를 운용하고 있어서 몇 개월 정도 그 형태에서 근무를 해 보았다고 말하는데 갑자기 경비지도사의 얼굴 표정이 일그러졌다.

그도 그럴 것이 이 근무형태는 자기가 생각해낸 기발하고 효과적인 근무 형태라고 자랑을 섞어 얘기하고 있는데 내가 그런 형태의 근무를 한 적이 있다고 손을 들고 나왔으니 나도 어지간히 눈치 없는 인간인가 보다. 잠시 침묵이 흐른 뒤 경비지도사는 나도 그 아파트의 근무 형태를 들어서 알고 있는데 지금 우리가 시도하려고 하는 형태는 그 형태와는 다른 점이 많이 있으며 경비반장은 앞으로 내가 시키는 일이나 신경 쓰고 내가 말할 때는 끼어들지 말라고 한다.

다른 경비원들도 지도사의 말에 이의가 있거나 불만이 있으면 붙잡지 않을 터이니 다른 회사로 가라고 한다. 좀 심하게 말하면 반은 공갈이요 반은 협박이었다. 결국은 싸늘한 분위기 속에서 경비지도사는 자기 할 말만 하고 끝이 났다. 이런 속에서 이번 겨울은 비교적 눈이 자주 내려 눈 치우기와 빙판길 방지 작업 등이 하루의 주요일과로 되어 있었다.

   나는 지난해 도전했던 경비지도사 시험에 합격하여 5일 동안 3번의 대리 근무자를 세우고 경비지도사 기본 교육을 이수한 뒤 마침내 경비지도사 자격증을 취득하였다. 우체부 아저씨가 가져다준 자격증을 한참 들여다보며 나도 이제 경비지도사로 취업을 하거나 규모가 좀 큰 경비팀에 들어가 팀장을 맡거나 하면 좀 더 나은 생활을 할 수 있지 않을까 하는 기대에 기분이 약간 업 되면서 들뜨는 감정을 느낄 수 있었다.

   1월이 거의 끝나갈 무렵 정문 경비실 경비로부터 1월에도 두서너 명 정도가 잘린다고 경비지도사가 말하더란 얘기를 들었다. 정문 경비는 담당 경비지도사와 자주 통화하는 사이라 그의 정보는 믿을 만했다. 그런데 잘리는 경비 중 한명은 자기일 거라며 몇 군데 일자리를 알아보고 있는데 나이 때문에 어렵다고 한다. 아니 경비를 죽이고 살리고 하는 사람 중에 한명이 경비지도사인데 그럴 리가 있겠느냐고 하니 자기를 못 마땅하게 여기는 주민도 있고 또 소장도 싫어서 어쩔 수 없다고 한다.

   1월 31일 4시경 담당 지도사가 찾아왔다. 마침 이때 화재경보기의 오작동이 발생하여 경비실의 기기를 조작한 후 관리실에 보고하고 현장 확인을 가려던 참이었다. 나는 바쁘실 텐데 어쩐 일이냐며 문을 열고 들어올 것을 권했으나 잠깐 밖에서 애기를 좀 하자며 경비실 옆 나무 밑에 있는 벤치로 간다. 잠시 머뭇거리던 그는 다른 게 아니라 오늘 경비 2명이 교체되는데 1명은 정문 경비이고 또 1명은 당신이라는 것이다. 정문 경비는 나이도 있고 또 민원을 제기하는 입주민도 있고 하여 전부터 교체 대상이었고 당신은 업무 형편상 자기가 내보내는 것이라 한다.

정말이지 내가 교체 대상이 될 줄은 이 미련한 놈은 조금도 예상하지 못했는데 이제 생각하니 지난 12월 말 경비원 해고 때에 정문 경비를 통해 지시했던 경비원 해고 통고를 내가 거절했던 것과 이후 경비원의 근무 형태 설명 때 한창 자랑을 하고 있던 중에 내가 눈치 없이 끼어들어 무안을 준 것 등이 떠올랐다.

며칠 전 비번인 A조 경비반장이 찾아왔었다. 어쩐 일이냐고 했더니 경비지도사가 신임 경비원 대상자 2명이 갈 테니 잘 살펴보고 알려 달라고 해서 그 사람들을 만나기 위해서 왔다고 했다. 쉽게 얘기해서 오늘 교체되는 2명을 대신할 대상자의 면접을 보러 온 것이다. 그런데 우리 B조에서 근무할 경비를 뽑는데 왜 A조 반장에게 지시했을까 하고 좀 이상한 생각이 들기는 했었는데 이제 그 이유를 알 것 같았다.

해고 통고를 구두로 들은 나는 순간 아찔했으나 이내 정신을 가다듬고 해고 사유나 들어 보자고 했다. 경비지도사는 다른 이유는 없고 다만 당신도 이제는 경비지도사이고 해서 자기가 부담스러워서 해고를 한다는 것이다. 나는 속에서 무엇인가 울컥 올라오고 있음을 진정시키며 말했다.

"여보시오, 내가 어떤 민원을 유발시켰거나 하자가 있는 것도 아니고 또 근무가 불량한 것도 아니고 더구나 경비에 대해서 좀 더 알고 잘해보려고 나름대로 어렵게 공부하고 노력해서 자격증을 딴 것이 당신에게 어떤 부담이 되길래 해고를 한다는 거요. 당신이 경비들한테 당신 멋대로 하기에는 좀 부담스럽고 껄끄럽다손 치더라도 그건 업무의 일부분이겠지만 나는 당장 먹고살아야 하는 문제가 달린 엄청난 일이란 걸 생각해 보았소."

나는 지금껏 깍듯이 대했던 상하관계에서 벗어나 해고 문제를 따지는 당당한 자세로 대하기 시작했다. 경비지도사는 당황한 듯 미안함을 표시하였으나 그의 말투나 표정 등 어디에서도 진정으로 미안해하는 모습은 찾아볼 수가 없었다.

"이제 와서 얘기지만 당신이 우리 경비들을 어떻게 대해 왔었소. 아마 옛날에 양반 놈들도 아랫것 등에게 그렇게 쥐 잡듯 하지는 않았을 거요."

나는 계속 내 말을 이어갔다.

"이제 해고 통보를 받았으니 당신과 나는 더 이상 상하관계는 아닌 듯싶소. 갑자기 변하는 것 같지만 이 모두가 당신이 평소

나를 대해 주었던 데서 나오는 거요. 그리고 앞으로 경비들한테 그렇게 잔인하고 무자비하게 짓누르지 말고 경비가 주민들에게 어떤 취급을 받고 또 어떤 부당함을 당하고 있는지도 좀 살펴주고 도와주지는 못하더라도 한술 더 뜨지는 마시오."

경비지도사는 잠시 머뭇거리더니 미안하다며 슬금슬금 뒷모습을 보이며 아파트 단지 밖으로 사라져 버렸다. 결국 2달 만에 나는 다시 일자리를 구해야 했다.

경비지도사 구직

다시 실업자가 된 나는 인터넷을 통해 구직 등록을 하고 설 연휴 이후부터 경비지도사를 필요로 하는 곳을 수소문하여 직접 찾아다녀 보기로 작정하였다. 그런데 설 연휴 직전부터 몸이 이상하더니 드디어는 몸살까지 겹쳐 꼼짝달싹 못 할 지경이 되었다. 하루 이틀 참다 보니 연휴가 되어 근처에 사는 딸도 시집으로 내려가고 정말이지 이 상태로는 물 한 모금도 얻어 마실 수 없는 지경이 되었다.

이런 고생 끝에 설 연휴도 지나고 몸이 좀 나아진 나는 경비지도사직 일자리를 찾아보려 인터넷의 구직란을 뒤져 몇몇 경비회사를 확인한 후 찾아 나서기로 작정했다. 제일 먼저 찾아간 곳은 구인 광고가 있었고 전에 경비할 때 방문했었던 적이 있는 강동에 있는 경비회사를 찾아갔다. 심호흡하고 회사 문을 들어서서 경비지도사 모집 광고를 보고 찾아왔다고 하니 여직원이 다가와서 잠시 기다리라 하더니 이내 사장실로 안내한다.

머리가 좀 벗겨진 나이가 나와 비슷해 보이는 사장은 잠시 보더니 앉으라고 자리를 권하고 이내 여직원이 차 한잔을 내 앞에 내어놓는다. 사장은 모집 광고를 보았냐면서 지도사를 뽑는 곳은 영등포에 있는 본사인데 말이 경비지도사이지 실은 술 상무 역할이 더 강하다고 한다. 지금 모집 광고를 낸 경비지도사의 주요 역할은 본사 사장님과 함께 좀 큰 아파트 단지의 계약에 대하여 입주자 대표들과 함께 자리를 하는 역할 즉 술도 잘 마시고 사교성도 좋고 나이도 젊은 편에 속하는 그런 사람을 원하는 것이라 했다.

자기도 두 번이나 경비지도사 시험에 떨어지고 지금은 포기하였다고 한다. 나는 차를 마신 뒤 회사의 경비지도사가 아니더라도 규모가 좀 큰 단지의 반장 자리라도 있으면 열심히 하겠다고 부탁드리고 사장도 적당한 자리가 나면 연락을 주겠다고 한다.

비록 원하는 자리는 못 구했지만 그래도 따뜻하게 대해주는 말 한마디에 정말로 오랜만에 사람 대접을 받는 것 같았다. 그 후 경비지도사 구인 광고를 보고 성북구에 2개 회사와 은평구에 2개 회사를 찾아갔었으나 벌써 채용이 끝났다던가 또는 채용하기에는 나이가 많다는 등 어찌 되었든 구직에는 모두 실패했다.

　나는 점점 다급해졌다. 실은 그렇게까지 급한 것은 아닌데도 당장 일자리를 구해야만 할 것만 같고 또 몇 해 전부터 조금씩 앓고 있던 우울증은 그 강도가 점점 더 강해지고 있는 것 같았다. 이제는 단골이 되어버린 소개소를 찾아 경비 일자리를 다시 또 부탁해 놓고 구청의 구직 코너를 찾아 상담을 받고 구직 신청을 해 놓았다. 이후 구청에서 몇 차례 연락이 왔으나 내가 원하는 곳과는 좀 거리가 있는 것 같았다.

　이렇게 한 달쯤 지났을까 직업소개소로부터 연락이 왔다. 망우역 부근의 아파트로 1,000여 세대 규모인데 경비를 구한다는 것이다. 직업소개소에서 연락을 받은 날에 이력서를 가지고 아파트에 찾아가서 반장 경비실에 들렀다. 반장은 소장님이 교육을 하러 가서 내일 출근한다면서 이력서를 보자고 해서 주었더니 "경력이 화려한데…" 하면서 약간은 빈정거리는 말투이다. 나는 얼른 그럼 내일 소장님이 오시면 다시 오겠다라고 정중히 말한 뒤 내일 적당한 시간에 연락을 달라고 부탁하고 돌아왔다.

　이튿날 오후가 다 가도록 연락이 없어 직업소개소에 연락하니 어제 경비반장을 만나지 못하였느냐고 한다. 나는 반장을 만난 자초지종을 말했더니 그게 면접이라고 한다. 어이가 없다.

아무리 경비가 하찮고 무시당하고 보잘것없는 직업이라고 해도 취업을 결정하는 면접인데 면접인 줄도 모르게 그렇게 할 수가 있을까 하는 마음에 안타깝기까지 하다. 경비란 직업의 위치를 알 수 있을 것 같기도 하다.

2달이 다 되어가는 3월 말경 다시 직업소개소에서 연락이 왔다. 내가 사는 곳에서 가까운 아파트에서 경비할 사람을 구한다는 것이다. 반가운 마음에 얼른 대답하고 그길로 그 아파트의 경비 일자리 면접을 보기 위해 아파트를 방문했다.

이제는 마지막 일자리여도 좋은 곳

집에서 걸어서 10분 남짓한 거리로 내가 지금까지 다니던 곳 중에서 가장 가까운 거리에 위치한 아파트로 3개 동에 200세대의 규모이다. 면접을 위해 관리사무소를 찾았을 때 관리실 직원인 듯한 기사 한분이 사무에서 정리를 하고 있었고 소장은 거래 은행에 업무 차 갔다고 한다.

1시간가량 기다리니 소장이 들어 왔는데 50대 초반의 여자 소장이다. 소장은 잠시 나를 보더니 이력서를 받아 보면서 간단하게 몇 가지 묻는다. 모든 조건은 좋은데 우리 주임하고 얘기를 해봐야 하니 돌아가서 기다리면 연락을 주겠다는 통상적인 말이다.

집에 돌아와 두세 시간쯤 지났을 때 4월 2일부터 근무하라는 연락이 왔다. 그리고 근무 시작 전에 경비반장을 만나서 근무에 필요한 얘기를 들으라고 한다. 비록 경비 일자리이지만 얼마나 초조하게 기다리던 취업인가. 이제는 나이 들어 경비 일자리 구하는데도 이렇게 어려움과 초조함이 따라다닌다. 내가 근무할 이곳은 보수는 적지만은 밤 10시에 퇴근하는 격일제 근무라 나에게는 별고 나쁘지 않은 조건이다.

4월 2일 근무 첫날. 6시보다 조금 일찍 출근하여 동 주변과 지하주차장 등을 청소하니 한 시간 남짓 소요된다. 이 아파트는 내가 근무하는 1동과 2·3동의 거리가 상당히 떨어져 있어 특별한 일이 없으면 두 경비실의 경비는 아침에나 한번 만난다. 그냥 혼자서 알아서 일하고 알아서 처리하는 방식인 것 같다. 9시가 되면 그날 근무조인 2명의 경비는 관리실에서 어제 쓴 경비일지의 결재를 맡고 오늘의 업무를 지시받는다. 그런데 별도 지시의 업무가 있는 날은 그리 많지 않다고 한다.

오늘은 기본 순찰과 차량 통제 등의 업무 외에 화단과 회양목에 물을 주는 것이 주요 업무이다. 물은 충분히 주라는 지시에 따라 물을 주니 2시간 가까이 소요된다. 그리로는 곳곳을 둘러보고 일을 익혀갔다. 오후에는 시간이 많이 남는 것 같아 아까운 시간의 활용 방법을 생각해 보았다. 물론 경비는 항시 안과 밖의 상황을 살피고 파악하는 것이 업무 중 하나이기는 하지마는 이 아파트의 내외부는 거의 평온한 날들이 대부분이라고 한다.

지난번 경비지도사 자격을 취득하고도 구직을 못 했기 때문일까. 이번에는 나 스스로 일할 수 있는 자격증에 도전해 보고자 공인중개사 1차 시험 교재를 구입했다. 이곳 같은 근무 실정에 잘 맞아떨어질 수 있는 시간의 활용인 것 같은 생각이 든다. 밤 10시에 퇴근하면 다음 날은 완전한 내 시간이고 또 근무일은 휴게 시간이 3시간이나 있다. 휴게 시간은 법적이기는 하지마는 입주민이 그런 내용을 잘 모르기에 까닥 잘못하면 경비가 책이나 본다는 말을 듣기가 십상이나. 더구나 여기는 휴게실이 없어 휴게 시간도 경비실을 이용해야 하므로 더욱더 그러하다.

4월부터 10월까지는 길게 잡아도 6개월 남짓하다. 하루 평균 3시간 하루도 건너뛰지 않아야 540시간, 과목당 270시간이다. 해 볼 만하다. 나는 다음 날부터 실행에 옮겼다. 우선은 부동산 개론 과목을 시작했다. 별로 까다로운 부분은 나타나지 않았다. 그런데 문제는 근무일의 휴게 시간이다.

재빨리 도시락을 먹고 남은 시간을 이용하는 데도 창문 옆으로 주민이 지나가면 움찔움찔해진다. 경비지도사 시험공부 때 겪었던 트라우마가 아직 많이 남아 있는 것 같다. 특히 아침 청소를 마치고 8시 전후의 황금 같은 시간에 몰래 하는 공부는 스릴과 신경 쓰임도 함께한다.

경비 일을 다시 시작한 지 한 달쯤 되었을 때 우리 조와 같이 일하는 관리실 기사가 바뀌었다. 관리실 직원이기는 하지만 같은 날 근무하고 또 함께하는 일이 많은 사람이다. 그러니 이 사람과는 자주 대할 수밖에 없고 게다가 관리실 직원이면 아파트 내에서는 경비보다는 높은 지위에 있다고 자타가 모두 인정한다. 더욱이 여기서는 경비일지를 이 사람의 결재를 받게 되어 있어 더한 구석이 있다. 우리 경비는 2조를 합쳐 4명이고 그중에 반장이 1명 있는데 경비일지에는 관여하지 못한다.

관리실에 새로 온 사람과 며칠 지내며 겪어 보니 성격은 그냥 그런대로 모나지 않은 것 같지마는 사람의 알 수 없는 것이 겉과 속이다. 관리실이라고 해야 소장과 기사 단 두 사람이 근무하고 있으니 그 사람은 근무일에 혼자 또는 소장과 함께 아니면 경비와 같이 일을 하게 된다. 이쪽저쪽 얘기할 기회가 많은데 아무래도 자기가 밑에 사람이라고 생각할 경비와 상사인 소장과의 대화 사이에는 무엇인가 차이가 있을 것 같다.

나는 워낙 대화의 상대가 적고 특히 집에서는 7살 강아지와 둘이서 생활하고 있으니 정말이지 인기 TV프로 '나는 자연인이다'의 자연인과 적어도 대화면에서는 같은 수준의 생활일 것이다. 근무일이 아닌 날은 누구와 한마디 말도 하지 않은 날이 빈번하다. 그러다 보니 적당한 대화의 상대를 만나면 필요 이상으로 많은 말을 하고 있는 자신을 느낄 때도 많이 있다. 하지 않

| 1부 | 나의 경비 생활

아도 될 말을 해서 나중에 혼자서 씁쓸해하기도 하고 어쨌든 대화가 끝나고 나면 내가 왜 그런 말을 했던가 하는 후회 섞인 생각을 하는 경우가 많이 있다.

나는 공인중개사 시험공부를 하고 있다는 사실을 묻지도 않았는데 같이 일을 하던 관리사무실 직원에게 털어놓고 말았다. 어쩌면 조금은 의도를 가지고 말을 했는지도 모른다. 어차피 멀지 않아 알게 될 터이니 소장의 귀에 들어가도 좀 더 자연스럽게 들어가게 하자는 것과 내가 책을 보고 있는 경우와 수없이 부딪칠 터이니 미리 그 궁금증을 없애주고 또 소장에게 말을 듣게 되어도 덜 당할 것이라는 생각을 깔고 있었다.

그리고 무슨 생각에서였는지 6개월 밖에 시간이 없는데도 1차와 2차를 동차에 노리고 있다고 큰소리쳤다. 사실은 처음부터 1차와 2차 분리 계획을 세웠고 그렇게 진행하고 있었는데 말이다. 비록 휴게 시간일지라도 경비실에서 그것도 오고 가는 사람이 다 볼 수 있는 곳에서 책을 본다는 게 쉬운 일이 아니다.

어느 날 경비실 옆에 설치된 CCTV가 경비실 안쪽을 정면으로 잡고 있는 것이 눈에 띄었다. 1동과 2동 경비실 옆에도 똑같이 설치된 이 CCTV에 나는 의구심을 가질 수밖에 없었다. 더구나 전에 다른 아파트에 근무할 때 우리가 작업한 것을 CCTV를 통해서 소장이 살펴보고 있는 장면을 목격했던 적도 있어 더 그러한지도 모른다. 어떻게 이렇게 정면으로 카메라를 설치할 수 있을까? 누가 보아도 경비실의 내부 감시를 위한 용도 외에는 다른 설치의 필요성을 설명하기 어려운 그런 각도와 거리에 카메라가 설치되어 있다.

그런데 한번은 카메라의 바로 밑에 달린 부스박스에서 덜덜거리는 소리가 났다. 나는 이를 구실로 카메라에 이상이 있음을 관리실에 보고하였다. 이 카메라의 모니터 화면은 관리실에 있는 CCTV 모니터판 제일 아래쪽 우측에 자리하고 있는데 몇 화소인지는 몰라도 그런대로 볼 수 있을 정도의 해상도를 보여주었다.

며칠 후 동 대표 회장과 소장이 카메라 및 덜덜 소리 나는 부스박스의 상태를 확인하러 카메라가 설치된 곳에 와서 얘기를 나누고 있었다. 소장이나 동 대표 회장은 나에게는 내가 경비를 하는 한 하늘과 같은 사람들이다. 내가 이 사람들에게 밉게 보여서 좋을 게 하나도 없다. 나는 한참이나 망설이다 얘기를 하기로 마음을 먹고 카메라의 방향 등에 대하여 이의 제기 비슷하게 말을 하자, 소장은 이 카메라는 정문을 출입하는 차량의 감시를 위하여 설치해 놓은 것이라 말한다.

나는 출입 차량이나 사람들의 감시를 위한 카메라이면 바로 정면에 설치된 2대의 카메라로 충분할 것 같다고 말하니 소장은 이 카메라의 모니터를 확인해 보았느냐고 묻는다. 나는 모니터를 확인해 보지는 못했고 또 볼 수 있는 권한도 없겠지만 여기의 설치된 카메라의 각도로 보아 충분히 짐작이 가지 않겠느냐고 되물었다.

경비가 이러한 상황을 동 대표 회장이나 소장에게 따지듯 묻고 있다는 것은 어쩌면 그만둘 각오도 함께하고 있어야 하는지도 모른다. 소장은 일단은 알았으니 좀 더 확인해 보자는 말을 남기고 회장과 함께 자리를 떠났다. 며칠 후 소장의 호출을 받고 관리실에 가니 소장이 그 카메라의 모니터를 보여주며 카메라의 설치 이유를 설명한다.

이유는 아파트가 건축되고 얼마 되지 않아 밤이면 불량 청소년들이 아파트 주변이나 지하주차장 등에서 음주 소란 등이 빈번하였고 이를 경비가 제지하면 다툼이 일어나고 결국 경찰이 출동하게 되면 이들은 앙심을 품고 경비실에 작은 돌멩이를 던지거나 창문이나 문짝 등을 두드리고 도망치곤 하여 이를 방지하려고 이 카메라를 설치하였다는 설명이다.

나는 이 설명이 합당하든 아니든 간에 경비에게 소장이 직접 이렇게 상세하게 설명하여 줌에 고마움을 느끼면서도 이왕에 애기가 나온 김에 애기는 모두 해야 하겠다는 생각에 내 마음속에 있는 애기를 솔직하게 꺼냈다.

경비실에 앉아 있다가 문득 정면으로 비치고 있는 카메라를 보면 왠지 감시를 받고 있다는 생각에 비참하고 서글퍼진다는 것과 초창기 때에는 몰라도 벌써 수년 전부터는 경비실 창문에 돌을 던진다거나 경비실을 불안하게 하는 행동을 하는 자가 없었으므로 이 카메라는 다른 필요한 곳에 이동 설치함이 더 효용이 있지 않겠느냐는 것과 혹시 경비의 근태 문제가 발생하고 그 근거 자료로 이 카메라의 녹화물이 사용될 경우에는 관련법에 따른 또 다른 문제가 있을 수 있을 것 같아 사용자 측이나 경비 당사자 등에 모두 좋지 않은 결과를 가져올 수도 있을 것 같다는 조금은 주제넘은 생각을 피력하기도 하였다.

8월의 한낮 기온이 36도를 오르내리는 찜통더위가 계속된다. 다행히 우리 경비실은 작년에 설치했다는 에어컨이 있어 이렇게 더운 날 속 편히 에어컨을 가동할 수 있어 다행이다. 하지만 에어컨을 틀기는 오히려 찜통더위가 마음이 편하다. 30도 정도 되는 날은 입주민의 눈치가 보이는 것 같아 작동하기가 여간 조심스럽지 않다. 각종 보도나 매스컴을 통해 보고 듣는 것이 있는데 좀 덥다고 계속 틀어 놓고 있을 수 없기 때문이다. 수많은 입주민의 속내는 알 수 없으니까 말이다.

오후 5시 무렵 50대 초반의 남자가 경비실을 방문했다. 본사 부사장이라고 자기를 소개한 이 사람은 8월부터 이 아파트를 담당하게 되었다며 잘 부탁한다고 무척 공손하고 예절을 갖춘 모습을 보이며 경비원 교육실시 용지와 복무 점검부 서식을 내

놓고 우리 경비원 4명의 사인을 받아 달라고 부탁을 한다.

지금까지 내가 보고 겪어온 경비지도사들과는 많이 다른 것 같다. 용지에 받아가는 것은 같지마는 다른 경비지도사들은 명령이요 지시다. 지금 이 사람처럼 경비에게 부탁조로 얘기하는 경우는 없었다.

부사장이 돌아간 뒤 나는 전에도 그러했듯이 지시받은 내용을 간단히 메모하여 서식과 함께 반장에게 넘겨주는 방식으로 집게로 집어 놓았다. 나는 부사장이 두고 간 서류를 살펴보다 이상한 점을 발견했다. 사인을 해야 하는 용지 중 직무교육이나 복무점검처럼 경비업법에서 반드시 경비지도사가 실시하도록 되어있는 용지에는 실시자가 경비도사 ○○○으로 기록되어 있고 그 외의 안전교육 등에는 실시 자가 부사장 이름으로 되어 있었다. 여기에서 실시자 ○○○는 전부터 이름이 적힌 것은 본 것 같은데 이 사람을 실제로 본 적은 없다.

부사장이 우리 아파트의 경비지도 담당이라면 당연히 경비지도사일 것이고 그렇다면 굳이 교육 실시자 이름을 달리해야 할 이유가 없을 터인데 말이다. 교육의 실제 실시여부는 나는 지금껏 경비 생활 5년이 넘도록 어디에서도 이런 교육을 받아본 적이 없다.

어차피 교육은 없는 것이고 그냥 경비지도사나 반장이 내놓는 용지에 경비원들은 조별로 날짜에 맞추어 이름을 쓰고 사인을 하는 것이 관례화되어있고 인원이 좀 많은 곳은 경비원들이 아예 경비지도사가 다녀갔는지 어쩐지도 알지 못하고 또 별로 신경도 안 쓴다. 다만 경비원을 교체한다는 소문이 돌면 바짝 긴장할 뿐이다.

다시 며칠 후 부사장은 내 근무일에 들러 사인이 된 용지를 확인하고는 경비 교육 문제를 얘기한다. 경비원들의 직무 교육이 점차 온라인으로 되어 가면서 교육 미이수자가 많아 골치가 아프다는 것이다. 이 아파트에도 경비원 4명 중 현재 교육이수자는 당신 혼자이고 어떻게 하든 반장은 될 것 같은데 2동의 경비원 2명은 쉽지 않을 것 같다는 것이다.

그래서 지금은 현장 교육 실시와 온라인 교육을 병행하는 것으로 하고 있다고 했다. 오늘도 지금 곧 2동으로 가서 그곳 경비원에게 직무교육 온라인화에 따른 수강 의지를 다짐받아야 한다고 한다. 듣고 있던 나는 부사장에게 넌지시 말을 던졌다. "지금 아파트 현장에 있는 경비원 중 자력으로 온라인 교육을 받을 수 있는 사람이 얼마나 있다고 보십니까? 제가 보기에는 반도 안 될 것 같은 생각이 듭니다." 부사장은 왜 그렇게 생각하느냐고 묻는다. 나는 바로 대답했다.

"60대 중반 이후는 많은 수가 컴맹이고 다음은 현실적으로 근무지 자체에 수강 시설을 갖추어 놓고 수강한다던가 하는 경우는 극히 드물 것이고 설사 수강을 한다고 하더라도 그 내용이 우리 시설 경비들에게 도움을 주는 내용이 별로 없다는 것입니다. 아시겠지만 우리 회사가 위탁하고 있는 교육원의 7, 8월의 교육 내용은 VIP 경호, 연예인 경호 등 우리들과는 거의 상관이 없는 내용들이고 또 호신술의 강의는 20대의 무술 유단자들이 주축을 이루는 경호학과 학생들의 호신술 수련 내용입니다. 또한 2개월 단위로 실시되는 평가 또한 수준이 높아 수료 점수를 넘기기가 쉽지 않습니다."

내 이야기를 듣고 있던 부사장은 경비 교육에 관한 내용을 어떻게 그리 잘 알고 있느냐며 혹시 경비지도사 자격을 취득하였느냐고 묻는다. 나는 그런 이유 때문에 얘기한 것은 아닌데 하면서도 자격증은 취득했다고 얘기했다. 부사장은 반색하며 회사에 경비지도사 자격을 취득한 경비원이 있다는 것은 바람직한 일인데 왜 진작 얘기하지 않았느냐는 것이다. 나는 이왕에 경비 생활을 하는 거 잘해 보려고 힘들게 자격증을 취득했는데 전에 근무하던 곳의 경비지도사는 내가 지도사 자격증을 취득해서 자기의 업무 수행에 껄끄럽다며 바로 해고를 했다고 말했다.

이후부터 우리 아파트의 경비원 직무 교육의 온라인 교육으로의 전환 독촉은 점점 그 강도를 더하는 것 같더니 급기야는 온라인 직무교육 미수료자에게 시말서 등을 요구하며 압박하기 시작했다. 결국 경비원 직무교육 온라인화는 직무 교육의 온라인 수강이 좀 어려운 경비원들에게는 그들 자녀의 일로 떠넘겨지는 것 같았다. 컴퓨터는 모르되 경비 일은 해야 하는 아버지 대신 아들딸들이 아버지의 이름으로 경비가 받아야 하는 직무 교육을 받고 대신 교육 이수증을 아버지 이름으로 남겨주는 방식이다.

직무 교육이 점차 온라인 교육으로 넘어감에 따라 교육과 관련된 사인 인증은 줄었지만 각종 확인서 등에 사인을 하라는 서류는 점차 늘어나는 것 같았다. 예를 들면 휴게소 설치 및 그 이용에 관한 확인서 또는 휴게 시간 이용 확인서 등이다. 나는 이 아파트에 근무한 지 6개월도 채 안 되었지만 이곳에서 휴게실에 관한 것은 부사장이 내미는 휴게실 이용 확인서 용지를 받아보기 이전에는 들은 적도 본 적도 없었다.

부사장이 내민 휴게소 설치 및 이용 확인서란에는 "나는 ○○○에 설치된 휴게실을 아무런 방해 받음이 없이 잘 이용하고 있으며 이것이 거짓일 때에는 어떠한 처벌도 감수하겠다."는 내용으로 자필로 서명토록 한 용지였다. 이 사실 자체가 거짓을 강요하는 일이다. 아마도 어느 곳에서 휴게실 때문에 무슨 문제가 있었나 보다. 더욱이 서명 용지 끝부분에 적혀 있는 "거짓일 때는 어떤 처벌도 감수"라는 문구는 나의 개인적인 경험 때문에 더욱더 쓸쓸함이 느껴진다.

집사람의 사업부도 후 사채업자들이 내미는 서류의 끝 부분에는 어김없이 "민형사상의 책임과 어떠한 이의도 제기하지 않겠다."는 단서가 꼭 붙어 다녔기 때문이다. 그러나 회사에서 요구하는 이 서류에 경비들은 무조건 서명 사인을 하는 외에 다른 선택은 없다. 만일 사실과 달라 서명을 거부한다면 그 경비원은 어떠한 꼬투리를 잡혀서라도 그곳에서의 경비일은 할 수 없게 될 것이기 때문이다.

사실 우리 아파트에는 경비 휴게실이 없다. 본사에서 경비 휴게실 문제로 몇 번인가 다녀간 후 관리동 1층에 있는 노인정 안의 방문 앞에 조그마하게 휴게실이라는 작은 표시판 하나 붙인 게 고작인데 이 표지판이 붙은 방은 구조상으로나 운영상으로 경비원 휴게실이 될 수 없다는 것은 알 만한 사람은 다 알고 있는 사실이다. 흔한 말로 "눈 가리고 아옹"이다.

또 하나, 틀림없이 잘 이용하고 있다는 휴게 시간도 마찬가지다. 근로기준법에는 "휴게 시간은 근로자가 자유로이 사용할 수 있다."라고 규정하고 있는 줄은 알지만 우리 아파트의 경비원 휴게 시간은 단 한 가지 최저임금 인상에 따른 경비원의 보수 인상분을 상쇄하는 방법으로 늘여놓은 휴게 시간일 뿐이다. 우리처럼 격일제 근무자의 휴게 시간을 한 시간 늘려 놓으면 뭘 급여보수는 약 12만원에 해당하는 감액의 효과가 있다.

늘여 놓은 휴게 시간은 마땅히 쉴 장소가 없어 대부분 경비실에서 보내는데 휴게 시간이라고 좀 편한 자세로 의자에 앉아 있거나 신문이라도 보고 있게 되면 이는 곧 경비원의 근무 자세 불량이란 민원이 되어 되돌아온다. 결국 휴게 시간을 늘리거나 줄이거나 우리 아파트 경비원에게는 별다른 영향을 주지 못한다. 또 현장과 휴게 시간의 관계로 볼 때 늘여놓은 휴게 시간에 구내에 있는 벤치 등에서 휴식을 취한다면 당장 그 시간대의 차량통제 또는 택배의 배분 등에서 문제가 발생한다.

휴게 시간의 개념이 희박한 일부 입주민들은 경비가 게으름을 피운다던가 일을 제대로 하지 않으니 하고 심지어는 관리실에 경비의 근무 상태가 엉망이니 잘라 버리라고 전화까지 할 것이 뻔한데 휴게 시간을 늘리는 것은 결국 임금 삭감의 방편 외에 경비에게 돌아오는 혜택은 없는 것 같다.

이런 가운데 10월이 다가오자 나는 내심 바쁘고 초조한 시간들을 보낼 수밖에 없었다. 우선은 10월 마지막 주 토요일에 있는 공인 중개사 1차 시험에 붙어야 한다. 다행히 비 근무일에 시간을 적절히 활용했고 건강 등에 별문제가 없어 시험공부의 진행은 거의 계획대로 맞출 수가 있었다.

시험일이 내가 근무해야 하는 날이어서 나와 교대 근무를 하는 반장에게 양해를 구하고 반장 근무일인 추석을 내가 근무하고 내 시험일은 반장이 근무하도록 근무 변경을 신청해 놓았다.

시험 당일, 비록 2과목이었지만 받아든 시험지는 난감했다. 부동산 개론은 계산 문제가 애를 먹였고 민법의 부동산 부분은 알쏭달쏭 그 자체였다. 미처 체크하지 못하고 찍은 문제가 6개나 되었다. 그래도 미련은 남아 가 답안이 발표되는 시간에 가 답안에 맞추어 보니 딱히 커트라인 점수이다. 그래도 찍은 문제 6개는 넣지 않았으니 혹시 지금 맞았다고 점수가 계산된 문제가 틀렸을 경우 그 문제의 보충으로 삼을 수 있겠다는 게 조금은 위안이 된다.

다시 근무로 돌아온 날, 같은 조의 관리실 반장이 시험에 관해 묻는다. 나는 자존심도 있고 해서 그런대로 치렀는데 2차 시험에서는 간신히 커트라인을 넘어선 것 같다고 거짓말을 했다. 2차 시험은 보지도 않았고 또 원래의 목표가 올해는 1차 내년에는 2차 시험의 합격이었다. 상식적으로 70살 먹은 노인이 6개월 만에 그것도 경비라는 직업에 종사하면서 한번에 동차 합격한다는 것은 한참 무리일 것이다.

한 열흘 정도 공부를 쉬었다가 1차 시험의 결과를 보지도 않고 2차 시험의 교재를 구입하여 2차 시험공부를 바로 시작하였고 다행히 11월 중순 1차 시험에 합격하였다는 문자 메시지가 왔다.

우리 아파트의 관리실에는 3명이 근무하고 있는데 소장과 2명의 기사가 서로 맞교대로 근무하고 있다. 하루에 근무하는 사람은 소장과 기사 한명 이렇게 2명이다. 근무 형태는 다른 아파트와 같이 소장은 평일의 주간 근무이고 주말과 공휴일은 쉰다. 기사 두 명은 24시간 맞교대로 근무하며 우리 아파트에서 더 오래 근무한 사람이 주임이고 다른 한 사람의 기사는 반장이라 불린다. 이들 기사는 우리 경비의 한 조와 같이 일을 하고 있다.

　우리 아파트는 지은 지 10년이 좀 넘었는데 지금 관리실에 근무하는 주임은 주민들이 처음 입주를 시작할 때부터 우리 아파트에서 근무를 시작한 그야말로 우리 아파트의 터줏대감이다. 내가 이 아파트에 경비 일을 시작할 때 주임은 벌써 근무 12년 차 직원이었고 소장보다도 6년 먼저 근무를 시작하였다 한다.

　내가 이 아파트에서 일을 하기 위해 면접을 보았을 때 소장이 우리 주임님과 상의를 해보겠다는 것도 이런 이유 때문이었을 것 같다. 나하고 같은 조의 동료 경비는 나보다 5년 정도 먼저 이 아파트의 경비로 일을 하고 있는데 어느 날 슬며시 이 아파트에는 소장이 2명이라고 농담 반 진담 반식으로 이야기한다.

　내가 무슨 말인지 잘 모르겠다고 하자 동료는 소장이 무슨 결정이나 지시를 할 때는 먼저 주임의 의견을 듣고 주임이 탐탁지 않게 여기거나 다른 의견을 제시하면 거의 주임이 생각하고 말한 대로 시행이 된다는 것이다.

　가을이면 내가 관리하는 1동에 있는 작은 공원에는 나뭇잎이 상당히 떨어진다. 이 공원의 낙엽을 치우는 데만 1시간 이상이고 바람이라도 부는 날이면 도로 건너편의 플라타너스 잎까지 날아들어 2간 이상이 걸리는 때도 있다.

　이런 낙엽 철이 되자 소장은 고생스럽겠지만 낙엽을 잘 정리하여 입주민들로부터 이런저런 말을 듣지 않도록 하자며 독려를 했었고 우리는 비 오는 날 정도를 빼고는 매일 쓸고 치우고 하는데 한번은 나와 교대 근무를 하는 반장이 낙엽을 쓸지 않아 이튿날 내가 치울 때는 그 양이 상당히 많아졌다. 무슨 바쁜 일이 있었겠지 하고 6시부터 쓸고 있는데 주임이 지나가며 그것 매일 쓸지 말고 매주 목요일 한꺼번에 쓸라 한다.

　주임의 근무 교대 시간은 매일 아침 7시 반이어서 같은 조는 아니지만 매일 아침 청소를 할 때쯤이면 만난다. 나는 소장이 한 말도 있고 하여 그렇게 하면 우리야 좋지마는 소장님이 낙엽 쓸기를 철저히 하라고 지시하였다고 하니 주임은 내가 소장한테 말을 할 터이니 다음부터는 그렇게 하라고 한다.

　그리고 다음 근무일에 일지 결재와 업무 지시를 받기 위해 관리실에 갔을 때 소장은 주임이 말한 대로 1주일에 한번 정도 쓸라고 하면서 가을 낙엽은 운치가 있다고 덧붙인다. 우연일지는 몰라도 나는 소장의 얼마 전 낙엽 쓸기에 대하여 한 말과 오늘의 말, 그리고 소장이 둘이라던 동료의 말이 뒤엉키어 황당하기조차 하다.

우리가 기록하는 경비 일지의 결재란은 반장, 과장, 소장 이런 순서로 되어 있는데 똑같은 일지의 결재도 반장은 반장란에 사인하고 주임은 과장란에 사인을 한다. 진작 경비일지의 결재란에 경비반장은 사인을 할 수가 없다.

또 일지 서식의 첫머리란에 있는 소장 지시사항 난에 소장이 중요한 지시나 격려 등을 적기도 하는데 가끔은 소장과 다른 필체의 지시사항이 기록되고 있어 처음에는 혹시나 하였는데 결재 과정을 신경을 좀 써서 보니 결재가 끝난 일지를 주임이 되받아 자기의 생각을 소장 지시사항 난에 기재한 후 일지를 우리 경비들에게 돌려주는 것이다.

물론 지시사항 난에 쓰여 있는 말이 틀리거나 한 것은 아니지마는 어쨌든 소장이 아닌 또 하나의 소장이 하는 지시를 받는 우리 경비들은 마음이 편하지 않았다. 뭘 몰라서 그리하는 것이겠지 하고 생각을 하다가도 어찌 되었든 달갑지 않은 일이다.

11월이다. 아침 7시경 청소부터 시작하여 공원에 떨어진 낙엽까지 정리하고 나니 10시가 훌쩍 넘어섰다. 경비실로 돌아와 잠깐 숨을 돌리고 있는데 한 입주민이 찾아와 지하주차장 오른편

| 1부 | 나의 경비 생활

안쪽에 어젯밤 불량 청소년들이 다녀간 것 같다고 한번 가서 보라고 한다. 얼른 일어나 일러준 장소에 가보니 소주병 몇 개와 음료수병 그리고 과자 봉지 등이 어지럽게 널려져 있다.

　내가 관리하는 동의 지하주차장은 규모는 크지 않으나 여러 칸으로 나뉘어 있고 구석진 곳은 입주민이 주차 관계로 드나들어도 자동차 불빛이 비칠 때만 조금 신경 쓰면 쉽게 발각되지 않을 장소가 두서너 군데에 있다. 다행히 한곳만 어지럽혀져 있어 소주병과 과자 봉지 등을 치우고는 알려준 입주민에게 인터폰으로 알려주어서 고맙다는 말과 함께 앞으로 신경을 좀 더 쓰겠다는 말도 함께 전했다.

　며칠 후 아침 청소 겸 순찰을 돌다 보니 같은 장소에 전과 같은 형태로 어지럽혀져 있다. 분명히 청소년들이 몰래 들어와 음주 및 흡연을 하였던 것 같은데 현장을 잡기가 쉽지 않을 것 같다. 우리 아파트 경비는 밤 10시면 야간 휴게 시간으로 퇴근을 하는 관계로 10시가 넘어서 불량 청소년들이 이곳에 들어온다면 다음 날 새벽까지는 별다른 방법이 없다.

　어쩔 수 없이 다음 근무일 일지 결재 시에 관리소장에게 상황을 보고하고 경비가 순찰을 강화하고 신경을 쓴다고 해도 밤 10시 이후에는 어떻게 할 방법이 없는 것 같으니 대책이 필요할 것 같다는 생각도 함께 말씀드렸으나 소장은 당장은 어떻게 CCTV 같은 것은 설치할 수 없고 어찌 되었든 잘 알았으니 함께 대책을 생각해 보자고 한다. 다음 날 우선은 임시조치로 청소년이 드나들 만한 곳에 눈에 잘 띄게 "이곳에서 음주나 흡연을 할 경우 경찰에 고발조치 하겠다."는 경고문은 해당 장소에 붙혀 놓았다.

그런데 진작 사건은 지하주차장 입구에서 멀지 않은 어린이 놀이터에서 일어났다. 저녁 9시경 야간순찰을 돌고 있는데 어린이 놀이터 한쪽에 여러 명의 학생인 듯한 청소년이 모여 있어 다가가니 술판을 벌이고 있다. 11월 하순이지만 그리 춥지는 않은 날씨이고 아직은 경비들이 퇴근하지 않은 시간이라는 것을 알고 있는지 지하주차장에 들어가지는 않고 놀이터 한쪽 구석에서 술판을 벌이고 있는 것이다.

약간의 겁도 났지마는 이들을 제어하고 돌려보내야 하는 것이 경비인 나의 임무이기도 하여 마음을 다잡고 다가가니 중학교 이삼 학년쯤 되어 보이는 청소년들로 남학생이 4명이고 3명은 여자 학생이다. 내가 가까이 다가가도 이들은 흘끔 처다만 볼 뿐 꿈쩍도 않고 떠들며 술잔에 술을 따른다. 모든 것을 떠나 나도 교육계에 근무하였던 사회의 어른으로 정말이지 가슴이 미어질 듯한 심정이다.

"이봐! 학생들 여기서 지금 뭐 하고 있어. 얼른 정리하고 집으로 돌아가! 여기서 이렇게 술 마시고 하면 안 돼!"

심하게 말은 못 하고 그저 빨리 돌아가라고만 말했는데 이들 중 한 남학생이 말대답한다.

"아니, 아저씨 여기서 술 마시면 왜 안 돼요? 여기 아니면 우리는 놀 곳이 없다구요!"

벌써 술이 상당히 취해 있는 것 같았다. 그러자 다른 녀석이 "아저씨 라이터 있으면 좀 빌려주세요." 하며 어디서 배웠는지 불량학생 흉내를 낸다. 어이가 없었지만 이럴 때일수록 침착하게 평정심을 잃지 않고 대처해야 한다는 것을 알고 있기에 "나는 칠십이 넘도록 담배 못 배웠다." 하고 대답하자 옆에 있던 여학생 셋이 일어서더니 보란 듯이 담배를 피워 물고 정말로 바닥에 침을 뱉는다.

나는 기가 막히지만 여기서 물러설 수도 없다. 다시 한번 목소리에 힘을 주어 돌아가라고 꾸짖으니 그중에서 덩치가 좀 큰 녀석이 일어서서 다가서며 "아저씨 정말 왜 이래요, 먹던 거마저 먹어야 가든지 말든지 할 거 아니에요. 아저씨가 이 술 사주었어요." 하며 시비조로 대든다.

나는 뒤로 약간 물러선 뒤 "너희들이 이렇게 막무가내기로 나온다면 나도 어쩔 수 없이 힘이 센 사람을 부르는 수밖에 없어." 하며 전화기를 꺼내도 이들은 신고할 테면 하라는 식으로 막무가내이다.

어쩔 수 없이 112에 도움을 요청하고 5분 정도 지나자 경찰

순찰차가 도착한다. 경찰관 2명이 현장에서 제지를 하는데도 이들은 잘 들으려 하지 않고 먹던 것 다 먹고 가겠다고 우긴다. 경찰은 훈계에도 이들이 들으려 하지 않자 이들 중 소위 짱으로 보이는 녀석에게 파출소 동행을 요구하니 몇 명은 흠칫하며 물러서는데 여자 학생 앞이라서 그런지 두 녀석은 경찰관에게 말 대답하며 버틴다.

잠시 후 경찰차 한 대가 더 도착하자 이들은 기가 죽어 뒤로 물러선다. 결국 5명은 현장의 훈방조치로 돌아가고 2명은 경찰에 이끌려 경찰차를 타고 파출소로 향했다. 경찰은 나에게 필요하면 연락할 테니 협조를 부탁한다고 말한 뒤 현장을 떠났는데 별다른 연락이 없는 것으로 보아 아마도 이들은 훈방조치 되지 않았나 싶다.

상황이 끝이 나고 남은 순찰을 마저 돌고 난 후 순찰시계를 반납하려 관리실에 도착하니 9시 40분이다. 나는 순찰 중에 있었던 상황에 대하여 간략하게 보고를 한 뒤 관리실을 나왔다. 내가 묻지는 않았지만 관리실 당직자도 경찰차의 경광소리 등으로 무슨 일이 있다는 것은 알았을 것 같은데 전혀 모르고 있었다는 듯이 말을 한다. 하기사 이런 일은 경비의 일이니 모를 수도 있을 것 같다.

이 일은 이후에 관리소장에게 정식으로 보고가 되었고 다시 입주자 대표회의 정식 안건으로 CCTV 설치문제가 상정되고 약

2달 뒤에 지하주차장과 어린이 놀이터에 각 한 대씩의 CCTV 카메라가 설치되어 경비업무에 도움이 될 수 있었다. 그러나 이들 불량 청소년 등이 드나들고 음주 흡연을 하는 시간이 주로 밤늦은 시간이어서 다음 날 순찰 때 발견을 하면 그저 확인을 할 뿐이었지 예방적 효과는 별로 얻지 못하였던 것 같다.

11월 말경 우리 경비원 소속 회사와 입주자 대표회의의 재계약 공고가 게시되었다. 물론 관리실 직원과 미화원들의 재계약도 함께 게시되어있다. 올해는 최저 임금의 인상률도 낮아 기대도 하지 않았지만 공고문을 바라보는 나는 기가 막혔다. 경비원은 휴게 시간을 30분 연장하며 임금은 월 5천원을 인상한다고 한다.

그리고 관리실 직원과 미화원은 모두 10% 초반대의 인상이다. 상황에 따라 다르겠지만 모두 비슷하게 올리든지 내리든지 해야 하는 것이 맞는 게 아닌가 생각되는데 어떻다고 말을 할 수도 없다.

작년의 최저임금 대폭 인상 때에도 경비원만 2%대 인상하더니 올해도 우리 경비원의 임금은 조금도 고려되지 않았고 동결이나 다름이 없는 것이다. 입주자 대표회의나 관리사무소 측은 그렇다고 치더라도 우리가 소속된 경비회사는 우리 경비들의 임금 따위는 아랑곳없고 오직 재계약에만 몰두하고 있는 것이 아닌지 묻고 싶다.

그리고 몇 해 전부터 정부에서 지급하고 있는 일자리 안정 자금은 자기들의 전시물 인양 입주민의 관리비 부과내역서에 자랑스럽게 차감되었음을 알린다.

내가 알기로는 일자리 안정자금은 전년도처럼 최저임금 인상률이 높거나 할 때 고용자의 인건비 부담 충격을 완화하여 고용을 안정화하는 것을 본 자금의 취지로 알고 있는데 여기서는 아예 나라에서 관리비에 보태 쓰라고 주는 돈쯤으로 여기는 것 같아 이런 상황에서도 경비는 어떠한 감정의 표현이나 이의를 제기할 수 없다.

입주자 대표회의나 관리사무소나 경비회사가 모두 하나 같이 불만이 있거나 싫으면 그만두면 될 것이 아니냐는 단순한 논리인 것 같다. 그렇다고 경비가 어떠한 건을 잡아 물고 들어간다는 것도 계란으로 바위 치기라고들 한다. 특히 우리 아파트 4명의 경비원은 이미 나이가 많아 여기를 그만두면 다른 데서 경비자리 구하기가 그리 쉽지 않은 것도 아무 말 못 하는 한 요인이 되는 것 같다.

12월의 첫날. 첫눈치고는 제법 많은 눈이 내려 걱정을 했는데 겨우내 눈은 내리지 않았다. 겨울에는 제설과 빙판 방지 및 관리가 경비일 중 가장 중요한 일거리 중 하나이다. 또한 갑자기

기온이 떨어지면 각 세대에서는 별의별 민원이 많이 발생한다. 그런데 올해는 아직 이런 일들이 발생하지 않아 다행이고 덕분에 여유 시간도 좀 생긴다.

3월이 지나고 나뭇가지에 푸른색이 돌기 시작하면 우리 경비는 바쁘게 움직여야 할 일이 있다. 수목의 관리이다. 서울에 있는 아파트는 대부분이 그러하듯이 화단이라야 콘크리트 바닥에 흙을 넣은 콘크리트로 된 커다란 화분이나 다름이 없다.

특히 내가 일하고 있는 아파트는 복개천에 지은 아파트라 수목에 물 주기를 조금만 게을리하면 금세 잎에서부터 표시가 나서 적어도 하루에 2시간 이상 수돗물을 이용하여 물을 주고 있다.

그러던 중에 내가 관리하는 화단의 매실, 복숭아, 살구 등 몇 그루의 나무에서 잎이 쪼그라들며 맺혔던 과일이 며칠 사이에 다 떨어지는 일이 발생했다. 대뜸 나에게 질책이 돌아온다. 이유는 물을 제대로 주지 않았기 때문이란 것이다. 아무리 만만한 게 경비라지만 나는 그냥 듣고 지나쳐 버릴 수 없을 정도로 화가 치밀어 올랐다.

물 때문이란 말은 관리실에서 아파트의 수목을 주로 관리하는 주임이 하는 말이다. 나는 대뜸 주임에게 저 나무들이 저렇게 된 게 물 때문이라고 누가 그러더냐고 따져 물었다. 그랬더니 우리 아파트의 수목을 소독하는 업체에 나무의 사진까지 찍어 보내며 물어보니 그렇게 대답하더라고 한다. 나는 다시 수목 전문 업체에 물어본 것도 아니고 돈 받고 우리 아파트 나무의 소독을 맡은 업체에 물어보면 그 사람들이 자기들이 약을 잘못 주어서 그렇게 되었다고 하겠느냐고 다그쳤다.

그리고 또 지난번 수목에 약을 두 번씩이나 칠 때에 관리실에서 누가 한번이나 나와 보기라도 했었느냐고 다그치며 그때 여기 소독약 치는 데 10분도 안 걸렸는데 그냥 스치고 지나가도 그보다 빠르지는 않았을 것이라고 거칠게 얘기하자 그럼 그때 그 사람들한테 얘기를 해야 했지 않았느냐고 반문을 한다.

나는 조금 더 열을 올리며 그 사람들은 경비 말은 듣지도 않을 것이고 내가 얘기하면 괜히 서로 시비만 될 것이고 또 그 시간에 수목 소독한다는 것은 관리실에서 먼저 알고 있는 사실이 아니냐고 반문했다. 이후 며칠이 지나자 수목 소독차가 두 차례나 와서 상당한 시간 동안 회장과 관리소장 그리고 담당 주임이 보고 있는 자리에서 소독을 실시하였고 1달 정도 지나자 나무들은 다시 생기가 돌기 시작하는 것 같았지만 더 두고 볼 일이다.

8월 초 정말이지 앉아만 있어도 숨이 턱턱 막히는 이 더위 속에 그래도 우리는 에어컨을 틀 수가 있어서 고맙고 입주민이 에어컨 작동에 별다른 말들을 하지 않는데 내심 고마워하고 있다.

지난 1년 동안 우리 아파트 경비들의 지도를 담당하던 부사장 대신 이사라는 분이 경비실로 찾아와 본인을 소개하고 오늘부터 자기가 이 아파트 경비원 관리를 담당하게 되었다며 잘 협조해 달라고 것을 당부한다. 그리고 오늘은 2동 경비원이 온라인 직무교육을 수강하고 있지 아니하여 들렀다며 자기가 교육을 좀 해야 하겠다고 한다.

나는 오늘은 분리수거일이라 이 시간 이후에는 교육을 받기가 좀 어려울 것이라고 얘기하자 이사는 곧 돌아갔다.

며칠 후 4시경에 이사가 경비실에 다시 들러 같이 2동 경비실에 가자고 하여 따라나섰다. 나는 직무 교육은 온라인으로 이수한 상태이고 안전 교육 등 교육이라고는 사인만 했지 받아 본 적이 한 번도 없었다. 그래도 이사를 따라 2동 경비실에 들어섰다.

잠시 침묵이 흐른 후 이사는 강의를 시작한다. 이삼 분 동안의 강의에서 벌써 결론은 나와 있는 것 같았다. 당신들은 경비이고 입주민은 상전이니까 입주민의 말에는 무조건 따라야 하고 따질 것도 없이 입주민의 말은 옳다고 생각하라는 것이다. 그게 아니면 당신들은 여기서는 더 이상 경비 생활을 할 수 없는 것이라고 한다.

그리고 이어서 30분 넘게 철학 서적에서나 나올 것 같은 말을 하는데 얘기의 반은 자기 자랑임을 알겠는데 나머지 반은 이해가 가지 않는다. 이사가 관리하는 어느 단지에는 경비원이 70명이 되는데 자기가 가면 모두 집결해서 강의를 기다리고 있고 또 강의가 끝이 나면 다음 강의를 기다리며 환호를 한다고 한다. 이러한 강의 중에 이번에는 경비들의 임무와 본분 등을 얘기하면서 '경비업법 제15조2'라고 칠판에 적는다.

그렇지 않아도 좀 못마땅하던 나는 이사의 말을 끊으며 "경비업법 제15조2의 내용은 경비원이 직무를 수행함에 타인에게 위력을 과시하거나 물리력을 행사하는 등 경비의 범위를 벗어나는 행위를 해서는 아니 된다는 것과 누구든지 경비원으로 하여금 경비원이 경비 업무 범위를 넘어서게 하여서는 안 된다는 내용인데요."

갑자기 이사의 얼굴이 일그러지더니 이내 "내가 좀 착각을 한 모양인데…" 하며 얼버무린다. 나는 상황이 이미 어렵게 되었다고 생각하고 내친김에 묻고 싶은 말을 이어갔다.

"이사님 몇 가지만 물어보겠습니다. 다름이 아니라 월차 및 연차 휴가에 관한 이야기인데 정말 잘 모르고 답답하여 드리는 질문입니다." 하고 말문을 열었다 내가 이사에게 한 말의 내용인즉 한 2개월 전쯤 반장한테서 전화를 받아 보니 며칠 후 내가 쉬는 날에 근무를 하루 더 해줄 수 없겠냐고 묻고 근무비로 8만원을 주겠다고 했는데 나는 그날 약속이 있다고 얼버무리고

| 1부 | 나의 경비 생활

전화를 끊었고 다음 날 출근을 하여보니 분위기가 싸늘하여 이유를 알아보니 그 일 때문에 소장이 다른 경비원에게 전화를 했는데 그 경비원이 거절하고 전화를 끊어 버리자 소장이 상당히 기분 나빠했다는 것이고 결국 그날은 경비실에 근무자 없이 하루를 보냈다는 것이다.

나는 또 이어서 "아무리 경비라도 어쩌다 피치 못할 사유로 한두 번쯤은 자기가 원할 때 휴가를 요구할 수 있는 것이 연차 또는 월차 휴가일 텐데 또 이것을 보장하기 위하여 법으로 보장되고 있는 것으로 알고 있습니다. 이사님께 말씀드리고자 하는 것은 관리소장도 우리 경비와는 또 다른 계약 관계에 있는 분이고 이사님은 같은 회사의 상사로서 이런 경우 어떠한 방법을 제시해 줄 수 있는 분이라 믿고 말씀드리는 것입니다."

이사는 소형 칠판에 월차와 년차의 일수들을 숫자로 적으며 설명은 하려 한다. 나는 이내 "저는 그러한 계산법을 알고자 하는 것이 아니고 앞으로 경비가 휴가가 필요할 때 우리 경비들이 휴가를 얻기 위해서는 어떻게 하면 좋겠냐는 방법을 묻고 있는 것입니다."

이사는 또다시 표정이 변하며 "그런 얘기는 나한테 하지 마세요. 그런 일 가지고 관리소장과 이러쿵저러쿵하기도 싫고 또 나는 회사에서는 사장과도 돈과 관련된 얘기는 일절 하지 않아요." 하고 말한다.

나는 슬며시 화도 났지마는 그보다도 어이가 없었다. 그럼 우리들의 휴가는 어디에다 말하란 말인가? 나는 말을 이어갔다. "이왕에 나온 얘기이니 마저 하겠습니다. 제가 동료들과 얘기하다보니 우리 회사에 근무한 지가 반장은 5년 반 여기 있는 동료는 6년이 되었는데 연차 수당을 한번도 받아본 적이 없다고 하던데 연차 수당은 만 1년 이상 규정된 일수를 충족하여 근무하였을 시 지급되어야 하는 것으로 알고 있는데 맞지 않습니까?" 라고 물으니 이사는 관리사무소에서 회사로 송금되는 인건비의 내역을 알 수 없어 지금은 대답할 수 없다고 한다.

이렇게 해서 이사의 강의는 1시간을 훨씬 넘겨 강의라기보다는 논쟁으로 끝이 났다. 이사와 나는 1동 경비실로 내려오고 있는데 이사는 분이 안 풀렸는지 나 보고 경비하기 전에 무슨 일을 했었느냐고 묻기에 나는 공무원 생활을 30년 정도 했었고 개인 사업도 좀 했었고 또 실업자 생활도 좀 했었다고 대답하며 더 이상은 설설 매고 매달릴 경우 내 모양이 우습게 된다는 생각에서 당당하게 말대답하기 시작했다.

이사는 경비 생활을 계속하려면 과거의 공무원 생활 같은 것은 모두 잊어야 한다며 나는 너를 자를 수도 있다는 투의 말을 계속한다.

전에 근무하던 곳에서 한번 당한 일이 있는 나는 이번에는 별로 두렵지 않았다. 이어서 이사는 "나는 경비지도사 자격증 같

| 1부 | 나의 경비 생활

은 것은 없지만 마음 심자 들어가는 책을 수 십 권 읽었고 심리 상담사 자격증을 가지고 있는데 지금 당신의 심리 상태를 알 것 같다."며 부화를 돋군다.

"지금 당신이 경비지도사 자격도 없이 우리 경비들을 단속하고 교육을 하고 있다는 말이요. 그것은 무면허 의사가 환자를 진료하는 것이자 택시 회사에서 운전면허 없는 자를 고용하여 택시를 운전하게 하는 것과 다를 것이 없지 않습니까?" 하는 소리가 턱 밑까지 올라왔지마는 내뱉지는 못했다.

이렇게 하다가 이사는 돌아가고 7시가 넘어서 먹는 저녁 도시락은 잘 넘어가지 않았다. 어찌 되었든 경비라도 계속해야 하는 것이 나의 현재 사정인데, 좀 참을 걸 그랬나 하는 후회도 된다. 그 후에도 이사는 한 달에 한두 번 경비실에 들러 여러 가지 경비들의 서명이 필요한 서류를 두고 가면 우리들은 사인을 하고 이사는 이를 가져간다.

또, 전처럼 서식의 담당 교육자가 한번도 본 적이 없는 경비지도사로 되어 있는 교육이나 복무 점검서류의 사인도 계속 이어졌다. 그리고 각종 확인 서류의 끝부분에 적혀있는 책임 소재의 규명과 이의제기, 심지어는 민·형사상의 이의를 제기하지 않겠다는 흡사 사채업자의 채권 서류에 쓰는 문구 같은 것을 넣는 것은 이를 빼든지 아니면 문구라도 좀 바꾸었으면 하는 생각이 이 서류에 사인할 때마다 들곤 한다.

다시 별다른 일이 없이 두 달 정도 지나갔다. 이사가 가져다 놓은 서류 중에 연차 수당 정산서라는 서식이 눈에 띄었다. 몇 개월 전 엉뚱하게도 연차 수당을 놓고 이사와 언쟁을 벌린 일이 생각난다. 정산 대상은 오래된 동료 2명이었고 이들은 서식을 제출한 뒤 한 달쯤 뒤에 약 140만원 정도씩을 연차 수당으로 받았다고 하는데 더 이상의 내용은 모르고 또 알 필요도 없다.

벌써 10월도 2주가 지나갔다. 다음 주 토요일이 공인중개사 2차 시험일이다. 최선을 다했다고는 하지만 나이가 70인데 제대로 할 수 있을까 하는 걱정이 앞선다. 시험 자체가 객관식이니까 한번 덤벼 본 것이지 만약 단답형 정도만 되어도 감히 엄두도 못 낼 일이다. 이제야 아껴 두었던 교재 뒤쪽에 붙어있던 전년도 문제지를 잘라내어 실전처럼 치러 보니 얼추 가능성이 보이기도 한다.

있는 시간을 최대한 쪼개고 나누어 정리하고 한 끝에 드디어 시험일이다. 2차만 보는 시험이라 늦은 아침 겸 점심을 먹고 집에서 10분 거리의 시험장에 들어섰다. 수험생의 절반이 삼사십 대의 여성들이다. 그리고 이들이 보고 있는 책이 비슷하다 느꼈는데 대화하는 것을 들어보니 같은 학원에서 시험을 준비한 것 같다.

나야 학원도 인터넷 강의도 심지어는 책을 한권 더 사는 것도 사치였으니 무엇이든 최소한으로 하여 합격이라는 최대의 결과를 얻고자 하는 것이다. 오후에 실시된 세 과목 모두 그런대로 큰 실수 없이 치른 것 같은데 그렇다고 자신이 있는 것도 아니다.

시험이 끝난 후 1차 때와 같이 소주 한 병과 약간의 안주를 사서 들고 집으로 돌아와 가답안 발표를 기다렸다. 일단은 가채점을 해보고 그냥 소주 한 병에 몸을 맡기고 푹 자고 싶은 마음뿐이다.

나의 친구인 반려견 복실이의 저녁을 먼저 챙기고 발표된 가답안에 맞추어 보니 세 과목 모두 70점 이상이다. 걱정했던 등기업무 과목과 부동산 세법 과목도 70점을 넘겼는데 전략 과목으로 생각했던 부동산 실무는 80점을 조금 넘는 것 같다. 어찌되었든 다른 실수만 없다면 합격은 되는 것 같다. 얼른 딸에게 전화를 걸어 합격할 것 같다는 사실을 알리고 소주를 잠깐 사이에 다 마셨다.

다음 날 출근을 하니 시험 부담에서 벗어나서 그런지 몸도 마음도 모두 가볍다. 별것 아닌 것 같았지만 그 시험이라는 무게가 나를 상당히 누르고 있었던 것 같다. 그동안 좀 소홀했던 화단정리 등을 홀가분한 마음으로 해치우고 핸드폰에서 공인중개사 개업 등과 관련된 사이트를 찾아 소속 중개사의 취업에 관한 정보를 얻고자 하니 별로 신통한 소식을 전하는 곳은 없었고 대부분이 하나같이 개업주의보 같은 것으로 도배되어 있었다.

얼마 전까지만 하여도 나는 경비지도사 자격을 취득하여 지도사로서의 생활을 꿈꾸었다. 그런 꿈을 나이가 막고 있다는 것 따위는 생각해 보지도 않았었다. 현실은 나이라는 장애물 앞에서 나는 속수무책이었고, 그래서 다시 시작한 것이 공인중개사 공부였다. 이는 나에게 건강만 주어진다면 나이는 큰 문제가 되지 않으리라 생각했었다.

그러나 개업에 관하여 알아보니 개업에 중요한 것 중의 하나가 경험이라는데 이 경험을 위해서는 소속 중개사로 취업이 필요한데 또 나이가 문제가 된다. 7년 전 경비를 시작할 때 가스비도 못 내던 형편에서 악착같이 모아 이제는 모은 돈으로 변두리에서의 개업은 가능할 것도 같은데 그 또한 엄두가 나질 않는다. 별수 없이 힘 닫는 데까지 경비 생활을 계속해야 할 것 같은 생각이 든다.

또 한해가 저물어 간다. 12월 31일 저녁. 오늘은 관리실 직원과 미화원 그리고 우리 경비가 같이 송년회를 갖는 날이다. 나는 경비 생활을 시작한 뒤 송년회 같은 것은 생각해 보지도 않았다. 그런데 올해는 작년 6월에 부임한 여자 소장이 우리 같이 한해를 고생하였으니 조촐하게나마 송년회를 갖자고 하였다.

저녁 시간에 우리는 돼지 갈비를 주메뉴로 하여 정말이지 오랜만에 즐거운 시간을 가졌다. 비용은 아마도 소장이 부담하는 것 같았다. 이번 겨울에도 날씨가 우리 경비들을 많이 도와준다. 눈도, 기온의 급강하도 없었다. 덕분에 우리 경비들은 별다른 고생 없이 봄을 맞이할 수 있었다.

지난해 6월 새로이 부임한 여자 소장은 내가 지금까지 경비 생활을 하며 겪었던 소장들과는 우리 경비들에 대한 인식이 다른 것 같다는 생각이 든다. 아침 조회시간이나 교육시간 그리고 업무에 대하여 얘기를 할 때에도 일방적인 지시보다는 우리들의 생각도 묻고 또 애로 사항과 관리실에서 지원이 필요한 사항들에 관하여 듣고 또 배려한다. 그래서인지 나는 소장이 올해 6월 말 그만두고 떠날 때까지 한 번도 소장에 대하여 불만을 가진 적이 없다.

그런데 소장이 떠나고 난 뒤에 들리는 얘기들은 또 나를 슬프게 한다. 소장이 떠난 이유가 입주자 대표회의 회장을 비롯한 몇 사람들과의 관계 때문이라고 하는데 입주자 대표회의 중 경비원이나 미화원에 대한 혹평이나 안 좋은 얘기가 나오면 소장은 경비원이나 미화원을 두둔하고 감싸고 했다는 것이다.

그리고 입주민들의 경비원이나 미화원에 대한 관례적이고 습관화된 인식을 개선하기 위해서도 많은 노력을 하였고 경비들이 입주민에게 말하기 어려운 사항은 소장이 경비를 대신하여

주민들과 대화하고 주민들을 이해시키려 노력했던 소장으로 머리에 남는다. 경비들이 민원의 대상이 되었을 때 그 사안의 진위는 가려 볼 것도 없이 또 그 사안이 소장에게 조금이라도 마이너스가 될 수 있다고 판단되면 무조건 경비를 탓하며 자신의 안위를 지키려 했던 다른 소장들과는 분명히 대비되지마는 결국은 버티어내지 못하고 물러나고 말았다. 현실을 등한시했던 것이 잘못이라면 잘못이었을 것이다.

　다시 새로운 소장이 부임했다. 듣기에는 이번이 소장 일을 하는 첫 일터하고 한다. 떠나간 여자 소장도 여기가 첫 소장 일자리였는데 이번에는 어떤 소장일지 기대 반 걱정 반이다.

　새로 부임하는 소장과 처음 대면하는 날이다. 우리는 의례 그렇게 했듯이 9시에 경비 일지를 가지고 결재 및 그날의 업무 지시를 받기 위해 관리실에 간다. 새로 부임한 소장은 60대 초반으로 보이는 남자분이다. 전임 소장과 그 전임 소장도 여자분이어서 그런지 이번 남자 소장은 더 새로운 분위기가 나는 것 같다.

　소장은 반갑게 우리 경비를 맞이하고 오늘부터 소장으로 근무하게 되었다고 자신을 소개한 뒤 우리 경비들에게 하는 첫 말은 아파트에 근무하는 사람들에게는 입주민이 왕이라며 우리 경비들은 주민들의 마음을 거스르는 일이나 행동은 절대 해서는 안 된다고 강조한 뒤 입주자 대표님의 지시라며 복무 및 업무에 관한 몇 가지 지시를 한다.

아파트 관리소장이 처음이라 들어서 그런지 기대 반 걱정 반이었는데 내 생각은 걱정 쪽으로 기울어진다. 소장직이 처음이라 하기에 좀 더 기대하였는지 모른다. 하기야 전임 소장도 처음으로 관리소장직을 맡아 나름의 소신을 펼치려다 1년 만에 접지 않았던가.

머칠이 지난 후 내가 관리하는 1동에 외부 차량 주차가 문제가 되어 소장이 이에 관하여 묻기에 나는 그 외부 차량은 입주민과 연관되어 있어 경비의 통제에는 따를 생각도 하지 않고 또 그 차량의 주차 문제는 어제오늘의 일이 아니라며 상황 설명을 하려고 하자 소장은 그 차량이 입주민과 연관되어 있다는 말 때문인지 "날씨도 더운데 아침부터 서로 열 받는 얘기는 하지 맙시다." 하며 내 말을 막아 버린다.

나는 설명하려고 하던 주차 상황은 말하지 못하고 경비실로 돌아왔다. 그 후에도 그 외부 차량이 내가 관리하는 아파트 주차 구역에 계속 주차를 하기에 나는 주차 차량의 앞 유리에 주차 안내문을 붙여 놓았다. 몇 시간 뒤 경비실로 입주민 한분이 찾아와 내가 붙여 놓았던 주차 안내문에 대하여 항의를 한다.

입주민은 그 주차된 차량은 자기와 사업은 같이 하는 동업자의 차량으로 그 사람이 타고 와서 아파트 주차장에 세워놓고 입주민 차로 같이 현장에 가는 거니까 입주민 차량이 운행될 때 그 입주민 차량이 서 있던 자리에 주차해 놓는 대체 차량이란 것이다.

실은 입주민 차량과 동시에 주차된 경우를 많이 보았는데 그렇게 우긴다. 나는 입주민에게 차량의 주차 문제에서 대체 차량의 주차 등에 관해서는 잘 알지도 못하고 또 경비가 말할 수 있는 사안도 아닌 것 같으니 관리실에 가서 소장님께 말씀드려 보라고 하며 돌려보냈다.

그리고 그 즉시 입주민이 관리실로 들어가는 것을 보았는데 이후부터는 소장이나 입주민이나 이 차량의 주차 문제에 대해 지금까지 말이 없다. 그 차량은 계속 주차 중인데 그렇다고 경비가 끼어들기도 쉽지 않다. 경비는 입주민이나 소장에게서 미움을 사는 것은 스스로 근무를 힘들게 하는 것임을 알기 때문에 그냥 아무 말이 없으면 나도 모르겠다는 식으로 버티어 나갈 수밖에 없다.

오늘 게시된 게시물 중에는 우리 경비들의 관심을 자극할 만한 내용이 있었다. 7월 입주자 대표회의 회의 의제 중에 7월 이후 재직 중인 경비원의 연차 수당 독려의 건 이란 의제가 첫머리에 있었다. 먼저도 이야기한 적이 있지마는 우리 아파트 경비원들에게는 연차 휴가 등은 법에는 규정되어 있을지라도 남의 일 같은 것이다. 감히 얘기를 꺼내기조차 두렵다. 그런데 이번에 입주자 대표회의에서 경비원의 연차 휴가를 독려하는 협의를 한다니 어떻게 기대가 되지 않겠는가?

며칠이 지나 입주자 대표회의가 개최된 다음 날 다시 회의 결과가 게시되었고 경비들이 기대하는 연차 휴가는 적극 실시하기로 권장하기로 한다는 내용과 이 사실을 경비 계약 관계에 있는 경비회사로 통보하기로 한다는 내용이다.

여기에 대해 나는 기대 반 의구심 반이다. 그렇게 말도 꺼내기 힘들었던 연차 휴가를 이렇게 입주자 대표회의 의결까지 거쳐서 권장을 한다니 기대가 되는 일이기는 하나 지난해 연말에 게시되었던 대표회의 과제와 의결 결과에서는 경비원들의 퇴직금 등의 적립금 중에서 해당 경비원 등이 수령 자격 기간을 채우지 못하고 퇴직하는 경우 경비회사로 보내어졌던 적립금은 회수하기로 한다는 회의 결과 게시물을 본적이 있어 조금은 의아하기도 하다.

어찌 되었든 잘하면 올여름에는 하루쯤 휴가를 얻어 가보고 싶었던 곳을 다녀올 수도 있겠구나 하는 기대감도 든다. 그러나 여름이 다 가고 게시물이 공고되었는지도 2개월이 넘게 지났는데도 우리 경비들에게는 연차 휴가나 연차 수당 등에 관해서 소속 회사나 관리사무소 어느 곳에서도 아무런 말이 없다.

혹시나 연차 수당 등 때문에 꼼수를 부리려고 하는 것이 아닌가 하는 생각도 들기는 하지마는 연차 수당은 법규 사항일 터인데 아무리 경비를 마음대로 하는 대표회의라 한들 연차 수당 등은 어찌하지 못할 것이라 믿는다.

지난해 가을 회사에서 직무교육의 온라인교육 독려차 우리 아파트를 방문하였던 이사의 강의 중에 연차 수당에 관하여 이야기했던 기억이 난다. 나도 우리 회사에 경비로 입사한 지가 어느새 2년 반이 지났는데 회사에서는 연차 수당에 대해서는 아무런 이야기도 하지 않는다. 회사에서 담당 이사가 들렀을 때 한번쯤은 물어보고도 싶지마는 괜히 서로 기분만 상할 것 같아서 물어보지도 못했다.

며칠 후 반장에게서 전화가 왔다. 나는 비 근무일이어서 시장을 다녀와 컴퓨터 책상에 막 앉으려는 참이었다. 반장은 오늘 있었던 일에 대해서 상당히 격앙된 어조로 말을 시작한다.

반장이 아침 9시에 평상시대로 경비일지의 결재와 오늘의 업무를 지시받기 위해서 관리실에 가서 경비일지의 결재를 받던 중 반장의 전화벨이 울렸고 반장은 전화를 받기 위해 뒤로 물러나 문을 열고 밖으로 나와 잠깐 통화를 한 뒤 다시 관리실로 들어왔는데 소장이 화를 내며 앞으로 관리실에 올 때는 전화기를 두고 오든지 아니면 전화기의 전원을 끄고 오라고 신경질을 내며 경비들에게 전하라고 해서 전화를 했다는 것이다.

우리는 평소 근무 시에 경비실을 비우게 될 때는 경비실을 비우는 이유와 경비와 연락될 수 있는 전화번호가 기재된 팻말을 항상 경비실의 문에 걸어놓고 다닌다. 그렇게 해야 경비실이 비었을 때 혹시 급한 연락을 취할 수 있기 때문이다. 그런데 관리실에 간다고 해서 전화기를 두고 가거나 꺼버리면 이 시간대에 경비실에 걸어놓은 팻말은 쓸모가 없어지고 더 나아가 전화를 거는 사람을 기만하는 행위가 될 수도 있을 것이다.

또한 경비가 관리실에 갔을 때 관리실 안에서 전화벨이 울리면 안 될 만한 정도의 중요한 일이 진행되는 경우는 거의 없다. 그만큼 중요한 일이라면 경비는 아예 참석하지도 못할 일일 것이다.

소장은 무슨 이유에서인지 경비들 사이에는 의사소통이 잘 안 되고 있다고 질타를 하더라고 하며 다소 억울함을 이야기한다. 우리 아파트 경비들은 교대 근무자라 할지라도 서로 얼굴을 대하는 경우가 거의 없다. 근무자는 밤 10시에 퇴근하고 다음 날 근무자는 아침 6시에 경비실로 출근하기 때문이다.

당연히 맞교대로 만나서 인수인계하는 것과는 세세한 면에서 부족할 수밖에 없다. 그래서 우리 경비들은 업무일지 외에 전달 사항을 적을 노트를 별도로 비치하여 다음 근무자에게 알려야 할 일은 이 노트에 꼼꼼히 적어서 인계인수를 하고 있다.

또 인계인수가 비대면으로 이루어지게 된 것도 경비들의 임금을 줄이기 위한 방법으로 시행되고 있는 것인데 여기에서 발생하는 다소의 착오나 불편함을 왜 경비에게 탓을 하는지 모르겠다.

8월 하순. 지루하던 장마가 끝이 났나 싶었는데 코로나19가 다시 확산하고 있다는 안타까운 소식, 그리고 점점 더해지는 지리함 속에서 또다시 태풍 소식이 전해진다. 비록 경비로 일하고 있지마는 나도 국민인데 내심 걱정이 많이 된다.

오늘 출근을 하니 경비실 책상 위에 안전 교육과 또 다른 한 장의 사인 용지가 놓여 있다. 어제 회사에서 다녀간 모양이다. 안전 교육이 사인은 매달 해 온 것이니 별로 대수롭지 않으나 또 다른 용지는 경비업법 개정을 위한 전 국민 서명운동 서명부라는 서식이다. 아파트에 근무하는 일부 시설 경비원들은 경비업법이 있다는 것은 알고 있지마는 이 경비업법의 내용을 잘 알고 있는 경비원은 그리 많지 않을 것이다.

그런데 이 경비업법을 개정하려고 서명하라는 용지는 여러 사람이 서명할 수 있는 용지 한 장이 전부이다. 경비업법 개정의 세부내용은 고사하고라도 이 법을 왜 개정해야 하는지 또 어떠한 내용으로 개정하려는 것인지는 전혀 알 수가 없다. 답답하여 핸드폰으로 본 사항에 대하여 알아보려 하였으나 정보를 찾지는 못했다.

점심 휴게 시간에 어제 이 서류를 받았던 반장에게 전화를 걸어 알아보니 어제 본사에서 이사가 다녀가면서 놓고 간 서식이라 한다. 그리고 경비업법의 개정에 대해서는 아무런 설명이 없었고 무조건 경비원들의 서명을 받아 반장의 다음 근무일에 FAX로 보내라고 하더라고 한다.

내용을 간단하게라도 물어보지 않았냐고 하니까 그냥 그럴 수 없었다고 만한다. 시간이나 있으면 퇴근 후에 집에서 무슨 내용인지 정보라도 좀 찾아볼 터인데 그럴 수 있는 시간이 없다. 그렇다고 내일 당장 FAX로 보내야 한다니 늦추어 알아보고 사인을 할 수도 없다. FAX로 보내라는데 무슨 말이 필요하랴.

한참 망설이던 나는 그 서명부 용지의 한 줄에 서명하였다. 여러 번 당한 일이라 이런 일로 인해 더 이상 불이익을 받기 싫어서이다. 경비업법을 어떻게 개정하려는 것인지는 몰라도 이런 식으로 경비업법 개정의 여론을 몰아가는 것은 정말 이제는 고쳐져야 한다는 생각이 강하게 든다.

올해는 모든 것이 잘 되어가기를 진정으로 바랐는데 답답한 일이 자꾸만 생긴다. 개인적인 답답함이라기보다는 돌아가는 상황을 보는 마음이 그러하다.

잦은 비로 인해 화단과 수목에 물을 주는 일이 전년도에 비하면 반도 안 되게 줄어들었지만 그래도 이제는 비가 그만 왔으면 하는 바람이다.

　우리 아파트 입구에는 차량통제 차단기가 설치되어 있고 그 차단기의 보호와 외부 미관을 위하여 입구마다 대형 화분에 관상용 측백나무를 심어 양편에 각각 3개 그리고 중앙에는 이동이 좀 수월한 화분이 2개 놓았다. 중앙에 놓인 조금 작은 화분은 분리수거나 이삿짐 운반 등을 위해 대형 화물차가 진출입 시 차단기를 열고 중앙에 있던 화분을 양편으로 밀어놓아 대형 차량이 드나들게 하는 역할을 한다.

　그런데 일주일에도 몇 번씩 화분을 밀어서 옮기어 놓다 보니 화분의 밑바닥 테가 떨어져 나가는 등 다른 화분에 비해 훼손된 부분이 있다. 아침 9시 일지의 결재와 지시 사항을 받기 위해 관리사무실에 갔을 때 기전주임이 빈 박스 2개를 처리해 달라고 하기에 받아보니 대형 화분을 넣었던 박스이다. 짐작으로는 정문 차량 차단기가 설치된 정문의 중앙에 놓인 화분을 교체 하려나보다 하고 빈 박스를 들고나오면서 생각해보니 시기적으로 화분을 교체하기에 적당한 때는 아닌 것 같은 생각이 들지마는 나는 원체 식물 등에는 아는 것이 없어 그저 고개만 갸우뚱하는 정도이다.

　그리고 그날 오후 2동 정문에 있던 훼손이 좀 더한 화분 2개에 심어져 있던 관상용 측백나무 두 그루가 새 화분에 옮겨 심어졌다. 며칠 후 우리 1동의 화분 두 개도 교체하여 나무를 옮겨 심은 후 우리 아파트에서 수목을 관리하는 주임에게 이번에 화분을 교체한 것은 시기상으로 문제가 있지 않겠느냐고 물어보니 주임은 자기도 그렇게 생각하는데 이번에 나무를 옮겨 심는 것은 입주자 대표회의 회장이 지시한 사항이라 옮겨 심을 수밖에 없었다고 한다.

나는 3년 전 경비원을 직영으로 관리하는 아파트에 근무하였을 때 야외 전시용 화분에 얽힌 기억이 다시 떠올랐다. 그때에도 후문 경비실에 근무하던 동료 경비가 야외용 화분을 관리하고 있었는데 초여름에 화분의 흙을 교체한다며 심어져 있던 나무를 빼내고 화분의 흙을 교체한 뒤 다시 심었는데 이 나무는 이후 한 달쯤 뒤에 시들기 시작하였고 이 화분을 관리하던 동료 경비원은 관리소장으로부터 경비가 관리를 잘하지 못하여 나무가 죽게 되었다는 질책을 듣고 관리소장에게 항의하다 결국 경비 일자리를 잃게 되었다.

측백나무를 새 화분에 옮겨 심은 후 나는 같이 작업한 주임에게 농담 반 진담 반으로 넌지시 나중에 이 나무에 문제가 생기면 경비가 관리를 잘하지 못하여 그렇게 되었다는 말을 절대로 하면 안 된다고 선수를 쳤다. 나는 화초나 나무 등에 관해 알고 있는 것은 없지마는 농사를 짓던 집안에서 자라났기에 모든 곡식이나 식물에는 때가 있다는 것쯤은 보고 들어서 알고는 있다.

  곡식들도 비료를 주어야 할 때 또 물이 많이 필요할 때 등을 가려서 관리하여야 잘 자라는 것이고 이 나무는 성장이 멈추는 시기에 옮겨 심어야 할 것 같았는데 회장님의 지시고 또 회장의 지시라면 무조건 따르는 소장의 방침에 따라 옮겨심기는 하였지만 나중에 나무에 문제가 발생하면 경비가 관리를 잘못하였다는 말이 나오지 않을까 걱정이 된다.

  오늘이 새 화분에 관상용 측백나무를 옮겨 심은 지 꼭 2달이 되는 날이다. 아침에 청소와 순찰을 끝내고 문득 생각이 나서 이 나무를 살펴보니 사철나무인 이 측백나무의 잎끝이 하얗게 말라 들어가고 있다. 옮겨 심지 않은 다른 화분의 측백나무와는 완연한 차이를 보이기 시작하고 있다. 우선은 이런 사실을 관리실 담당 주임에게 말을 하였지만 이후의 일이 어떻게 되어갈지 걱정스럽다.

| 1부 | 나의 경비 생활

경비 생활 7년을 돌아보니

내가 경비 일을 시작한 지도 어느새 7년이 되어 간다. 2014년 초 경비에 관해서는 아무 것도 모른 채 내가 경비 일을 택한 것은 그저 우리 주변에서 자주 만날 수 있는 사람이고 또 가끔은 드라마에서 조금씩 얼굴을 비치기도 하여 그저 친근감이 좀 있었기 때문이었는가 보다.

그러나 막상 경비라는 직업 현장에 뛰어들어 보니 내가 생각했던 친근감 따위는 그저 허상일 뿐이고 내가 60년간 겪어 왔던 현실과도 전혀 다른 또 하나의 저 밑바닥에 자리한 직업 세계일 뿐이다.

내가 경비 생활을 처음 시작했던 곳은 출퇴근 시간이 합쳐서 4시간이 넘게 걸리고 혼자서 350세대를 관리하는 아파트 경비 중에서도 일의 강도가 강한 곳이었으나 그때는 아직 60대 초

중반이고 또 경비에 관해서는 전혀 아는 것이 없었기에 경비란 이런 것이구나 하고 버티어 냈다. 일의 양과 관리사무소에서의 계속된 지시 등은 40여 년 전의 군대 훈련소 시절과도 견줄 만했던 것 같다.

시간대별로 진행되는 빡빡한 하루 일정 중 순찰과 차량의 점검 관리를 제외하면 모두 경비 일의 범위를 벗어나는 것들이었던 것 같고 이 외의 일들은 아파트 단지에서 고용한 잡부들이 하는 일 같은 것이 대부분이었다. 그리고 경비의 장비로 주어진 무전기에서 나오는 관리사무소의 목소리는 훈련소 조교의 쇳소리 같은 목소리와도 비교할 만했다.

근무는 물론 격일제이지만 아침 6시 반부터 밤 12시까지 점심과 저녁의 식사 시간을 빼고는 거의 멈춤이 없다. 더구나 밤 12시가 넘어 가끔 택배를 찾으러 오는 입주민과 술 한잔 거나하게 걸치고 경비실 문을 축구공인 양 걸어차고는 문을 열면 그래도 미안하기는 했는지 우리 집에 택배 온 것 없느냐고 하고는 돌아서 흥얼거리며 사라지는 입주민, 그러나 모든 불평과 불만을 나타낼 수가 없고 그저 참고 삭이는 수밖에는 없다.

그 옛날 무에서 유를 창조한다던 어떤 군대의 말처럼 이곳에서의 경비 일에 소요되는 용품이나 소모품 등은 거의 알아서 해야 한다. 심지어는 청소실시 상태 등을 점검하고 독려는 하되 청소에 필요한 종량제 봉투의 지급은 없었고 입주민이 몰래 내어놓는 폐기물의 수수료도 경비가 찾아서 받아 내지 못하면 그 담당 경비가 물어내야 한다. 그래도 이곳에서의 경비 생활은 몰랐기 때문에 별 탈 없이 잘 해낼 수 있었던 것 같다.

　자리를 옮겨 두 번째로 근무했던 아파트 단지는 모든 운영이 이상하게 돌아가는 아파트였다. 경비에 관해 조금씩 알아 가기 시작하면서 아직 내 나이 정도면 경비 일자리 구하기는 그리 어렵지 않을 것이라는 생각에 거리가 너무 멀었던 첫 근무 아파트를 그만두고 집 가까이 있는 곳의 아파트 경비 일자리를 구한 것이다.

　여기 아파트의 규모는 상당하여 근무하는 경비만 각 조 13명씩 모두 26명의 경비가 근무하지만 건축한 지 30년이 다 되어 모든 시설과 장비는 낡은 상태이고 CCTV조차 승강기 쪽에만 설치되어 있는 형편이었다.

　그런데 이 아파트는 입주민이 두 세력으로 갈라져 낡은 아파트의 재건축 문제 등으로 대립하고 있었는데 서로 경비원까지 자기네 세력으로 끌어들여 이용하려고 하였던 것 같다. 소장과 경비반장까지 입주자 대표회의 회장 편에 붙어 경비반장을 통해 동료 경비들조차 각종 정보와 입주민의 동향 파악 등에 이용하려고 하였던 것이 지금도 몹시 불쾌하게 여겨진다. 특히 경비반장은 입주자 대표회의 회장과 관리소장의 비위를 맞추어

주고는 그 힘으로 경비를 자르고 고르고 하는 일까지 하고 있었으니 이러한 일들은 반드시 고쳐져야 할 일들인 것 같다. 나는 이곳의 경비 생활에 적응하지 못하고 40일 만에 다시 일자리를 옮겼다.

다음으로 내가 근무했던 아파트는 앞서 근무한 2곳보다 모든 면에서 상당히 양호한 근무 조건이었고 특히 같이 근무했던 동료 경비들은 잊을 수가 없을 것 같다. 내가 경비 일을 시작하고 나서 본격적으로 경비지도사 시험 공부를 시작한 곳도 이곳이고 또 눈치껏 공부한다고 한 것이 관리소장에게 들키어 추궁을 당하는 바람에 몰래 책장 위에 눈물을 떨구었던 곳도 이곳에서였다.

이곳의 모든 여건은 좋은 편이어서 먼저 두 곳과는 비교할 수 없을 정도이고 일의 양이나 강도 면에서는 물론이고 같이 근무하였던 동료들과도 서로 마음이 잘 맞았고 동료 경비들은 나의 시험공부 사실을 알고는 여러 가지로 도움을 주려고 하던 모습이 지금도 눈에 선하다. 그리고 내가 시험을 치른 다음 날 동료에게서 걸려 왔던 전화에 나는 합격에 자신이 없어 머뭇거렸던 일이 아직도 마음을 무겁게 한다.

그런데 이곳에서의 한 가지 우리 경비가 공동 작업을 하는 모습을 CCTV 모니터 화면을 확대하여 놓고 우리를 감시하던 소장의 모습은 나에게는 상당한 기간 유쾌하지 못한 기억으로 남을 것이다.

　시험을 위해 경비 일자리를 그만두었고 시험에 떨어지고 다시 찾은 이 아파트에서는 여러 가지 경험을 했다. 우선 이곳의 관리소장의 행태가 기억에 남는다. 같이 임용된 우리 4명의 경비가 처음으로 관리소장을 대하였을 때 관리소장은 자기가 우리 경비들에게는 대통령이라고 거침없이 말했었다. 그리고는 짧은 지휘봉을 항상 들고 다니며 경비들을 감시하고 심지어는 경비실 작은 냉장고 안에 있던 물병까지 점검하던 정말이지 나쁜 나라의 나쁜 대통령 같아 보였다.

　그리고 이곳에서는 입주민이 우리 경비를 보는 시각이 이유는 모르겠으나 유난히 고전적이다. 꼭 이조 말엽의 양반집 마님이 행랑채 할아범 보듯이 한다. 또 이곳의 아파트에서 정말로 잊을 수 없는 일은 우리 경비들끼리의 일에 대하여 동료가 소위 고자질을 했던 일이다. 물론 나도 이 일에 대해 반성할 점이 많지마는 그렇다고 경비 사이의 일을 모두 관리소장에게 고해바치는 것은 정말이지 아닌 것 같다.

　그곳에서의 당시 업무 상황은 내가 혜택을 받고 있었던 것은 사실이었으나 그 사실이 나도 편치가 않아서 알게 모르게 동료를 도와주려 했었고 소장에 고해바친 그날까지도 나는 나름대로 노력하고 있었는데, 좀 나쁘게 이야기하면 내가 그만두면 동료가 업무 배분에서 조금은 덕을 볼 수도 있을 것이라는 심리가 작용하였을지도 모르겠지만 그렇다고 동료가 한 행동은 남자로서 조금은 비겁하다는 생각이 든다.

여기서도 나는 이 일로 인하여 100일 만에 그만두게 되었는데 내 성격에도 문제가 있고 하지만 아직도 경비를 하려면 버려야 할 몇 가지 중 자존심은 모두 버리지 못하였나 보다.

이제 경비 생활을 시작한 지 2년이 조금 넘었는데 벌써 일자리로 거쳐 간 곳이 네 곳이나 되니, 정말 내 성격에도 문제가 많은가 보다. 두 곳은 내 형편에 의해 스스로 그만두었지만 다른 두 곳은 잘린 것이나 마찬가지다.

이번에 다섯 번째로 구한 경비 일자리는 집에서의 거리나 관리 세대수 등에서 적정한 것 같았으나 문제는 입주민이었다. 우선 아파트의 입주자 대표회의 이사 감사 등이 무슨 커다란 감투나 되는 것처럼 행세하고 우쭐대는 사람들, 하기야 아파트에서 동 대표로 선출되어 대표회의 이사나 감사쯤 되면 아파트 내 관리사무소부터 경비원과 미화원 등에게는 더없이 대단한 사람들이다. 이 사람들에게 잘못 보이면 경비원이나 미화원은 며칠 이내에 일자리를 잃게 되는 것은 관행이란 이름으로 행하여지는 것이 현실이다.

나는 이곳에서 근무하면서 우리 경비들이 입주민에게 어떠한 존재인지는 똑똑히 보았고 또 겪었다. 내가 여기에서 근무하는 1년 동안 우리 경비원 총수가 7명인데 여덟 번이나 바뀌었고, 그 여덟 번 모두 본인 의사와는 관계없이 일자리를 잃은 것이다. 쉽게 얘기해서 잘린 것이다.

　그리고 4년 전에 그만둔 대표회의 감사 직함을 계속 써가면서 경비나 관리사무소 직원을 괴롭히는 현장을 보았고 나도 그 괴롭힘을 당하기도 하였다. 엉뚱한 일로 생트집을 잡고 경비를 괴롭히는 입주민 때문에 동료 경비가 2명이나 억울함을 호소하며 일을 그만두는 것을 보았고 입주민 앞에서는 관리소장이 얼마나 무력하고 약한 존재인가를 보았다.

　막내자식보다도 어린 사람에게 멱살도 잡혀보고 개새끼 소리까지 들었을 때는 그저 먹먹하고 아무런 느낌마저 없을 정도였다. 하지만 경비 생활 몇 년에 어지간한 모욕감 정도는 대수롭지 않게 참아 넘길 수 있게 되었지만 아직도 약간의 자존심은 남아 있는 것 같아 어쩌면 다행이다.

　어찌 되었건 경비 생활에도 운이 많이 작용하는 것 같다. 우선은 주변 사람들을 잘 만나야 하는 것이 그렇다. 경비 생활에서 자주 만나는 관리소장이 그러하고 아파트 내의 입주민이 또한 그러한 것 같다. 관하는 동 내에 진상인 입주민이 있다면 피곤한 정도를 넘어 까닥 잘못하면 어떠한 일로 이어질 수도 있어

각별한 신경을 쓸 수밖에 없다. 그런데 운이 없다면 신경을 쓰고 주의를 한다 해도 어떠한 일과 얽히게 되고 그 일로 제일 많은 피해를 보는 자는 경비일 것이기 때문이다.

이번에 근무한 곳은 경비의 고용을 경비회사와 용역 계약을 하지 아니하고 필요한 수의 경비원을 직접 채용하는 소위 직영 체재의 아파트이다.

나는 경비지도사 공부를 하면서 경비의 용역 계약과 직접 고용 체재의 장단점에 대하여 민간경비론에서 적시한 내용들을 기억한다. 각각의 장단점들이 게재되어 있는 내용 중에 용역회사와의 계약은 경비들이 사업주의 눈치를 보지 않고 소신껏 일을 할 수 있는데 비해 직영 체제는 고용주에 대한 충성심이 높고 고용주의 말을 잘 듣는다고 나와 있고 용역은 채용이 용이하나 직영체제는 채용 등에서 시간의 걸리며 어려움이 있다고 기술하고 있다.

그러나 짧은 경험이지마는 나는 경비로서 위 사항을 별로 느낄 수 없었다. 내가 겪고 본 바로는 아파트의 경우 경비회사와 용역 계약된 경비의 채용도 실제로는 입주자 대표회의 업무를 맡고 있는 관리소장이 행하고 있고 경비회사는 그저 형식적인 사무 처리만 하는 경우가 대부분이었고 경비를 직접 고용하는 경우에는 말할 나위 없이 관리사무소장의 면접을 거쳐 임용되고 있으니 별로 다를 게 없는 것 같다.

민간 경비론에서는 경비의 용역 계약은 경비를 고용하는 주체가 경비회사이기 때문에 경비들은 사업주의 눈치를 보지 않고 일할 수 있다고 하였는데 이는 아파트 단지 경비 용역 계약의 경우에는 사실과 많은 차이가 나고 있는 것 같다.

이론상으로는 이 말이 맞을 수도 있겠지만 실제 중요한 것은 경비회사는 회사의 영업 이익을 위하여 아파트와의 재계약을 무엇보다도 중요시하고 있기 때문에 아파트 관리사무소장이 경비원의 임면에 관하여 경비회사에 통보하면 경비회사에서는 거역하지 못하고 관리사무소장의 의견에 따라 일을 처리하게 되는 것이 대부분이기에 경비는 관리사무소장의 눈치를 볼 수밖에 없다.

실제로 용역 경비와 직영 경비의 차이는 교육에서 나타나는 경우가 있는 것 같다. 용역 경비는 직무 교육과 안전 교육 등을 실제 교육실시 여부와는 관계없이 계약 경비회사에서 경비 지도사가 담당하고 있다. 따라서 사용주는 경비의 교육에 관하여서는 별로 신경을 쓰지 않는 것 같은데 직영 체제 경비의 경우에는 경비업법의 적용을 받지 않아서인지는 모르겠으나 안전 교육과 보건 교육 등에 신경을 쓰는 것 같았다. 매월 자체 교육을 실시하지마는 나는 이곳의 직영 체제에서 몇 개월 동안 근무하면서 안전 교육에 관한 위탁 교육을 1회 그리고 보건 교육인 심폐 소생술 위탁교육을 1회 받은 적이 있다.

또 내가 이곳 직영 체제의 아파트 일을 그만두게 된 것도 대표회의 감사의 비위를 거슬려 관리소장에게서 질책을 듣자 아직 다 버리지 못한 나의 자존심과 충돌하여 그만두게 된 것이니 어쩌면 경비를 용역 계약으로 임용한 경우보다는 약간 더 눈치를 보아야 하였는지도 모른다.

경비지도사 자격증을 취득하고 잠깐이었지만 나도 한 단계 정도는 업그레이드 된 생활을 할 수 있지 않을까 하는 기대도 나이 앞에서 무너지고 이제 다시 경비 생활을 하기로 마음을 다잡고 자리한 이번 일터의 특이한 점은 관리사무소장이 여자분이라는 점이다. 관리사무소장이 여자이든 남자이든 어떤 차이가 있겠느냐 하겠지만 내가 이 아파트에서 2년 반 동안 2명의 여성 관리소장을 겪어 본 바로는 차이가 좀 있는 것 같다.

내가 이곳에 오기 전까지 근무했던 일곱 곳의 아파트 관리소장은 모두 남자이었고 그중 3명이 군인 출신이었는데 남자 소장 간에도 일반 직장인 출신과 군인 출신 간에 우리 경비에 대하여 지시하고 감독하는 스타일 등에서 차이를 느낄 수 있었는데 남자 소장과 여자 소장 사이에는 분명한 차이가 있음을 느낄 수 있었다. 먼저 1년여 동안 이곳에서 우리 경비들을 지시하고 관리했던 여자 소장은 얼마 정도의 소장 경험도 가지고 있어서인지 꼼꼼하면서도 세심하고 여성다운 정감을 가지고 있었던 것 같다. 남자 못지않은 카리스마와 결단력을 보여 주었던 것 같고 일의 추진력도 상당하였던 것 같다.

내가 이 아파트에서 일한 지 1년을 조금 넘겨서 이 여자 소장은 자리에서 물러났는데 들리는 얘기로는 입주자 대표회의에서 여러 가지로 상당히 괴롭혔다고 하는데 경비로서는 알 수가 없다. 다음 소장도 물러난 소장과 비슷한 연령대의 여자 소장이었다. 이 여자 소장은 소장일이 이번이 처음인데 전에 관리사무소 경리 직원으로 일한 경험이 많아서 그런지 상당히 능숙하게 관리실 및 경비원 그리고 미화원까지도 이끌어 갔던 것 같다.

그리고 우리 경비원과 미화원 등을 대하는 것도 내가 지금까지 어느 곳의 관리소장을 보고 대하였던 것과는 아주 달랐다. 우리 경비들에게 어떠한 일을 지시할 때에는 그 일을 하는 이유를 설명하고 작업에 필요한 물품 등은 충분하게 제공하였고 때에 따라서는 간식 정도도 제공되었다.

또 우리 경비와 입주민 사이에 어떠한 문제라도 발생하면 일방적인 입주민의 입장이 아니라 그 사안의 진위를 충분히 파악하고 입주민에게 문제가 있으면 서슴없이 입주민을 이해시키려 노력하고 했었던 것 같다. 그런데 이 여자 소장도 1년 만에 자리를 떠났는데 이 여자 소장도 역시 입주자 대표회의에서 여러 가지로 괴롭힘을 당하다가 자리를 떠났다고 한다.

내가 이 아파트에서 일을 시작한 지 2년 남짓 만에 벌써 세 번째 소장이 부임했다. 이번에는 60대 초반의 남자 소장이고 이번 소장도 아파트 관리소장 일이 이번이 처음이라고 한다. 나도 아파트 경비 생활을 상당히 여러 곳 옮겨 다니며 해 보았는데 그때마다 관리소장은 남자였다. 그래서인지 남자 소장이 낯설지는 않지만 이번 소장이 처음이라니 기대가 크다.

그런데 소장의 부임 첫마디가 아파트에서는 입주민이 왕이며 대표회의 회장이 지시하는 일은 무조건 수행해야 한다는 것이다. 상당히 실망스럽고 우려가 되는 말이다. 그렇게 말하지 않아도 경비 생활 7년이 되니 입주민의 위세와 대표회의 회장의 힘이 어떠한지는 잘 알고 있는데 앞으로가 걱정스럽다.

이제 새로운 남자 소장이 부임한 지 2달 남짓 되었는데 벌써 우리 경비반장과는 두 번이나 다툼이 있었고 반장은 시말서까지 썼다고 한다. 소장의 업무추진 방식은 내가 보기에는 회장의 지시는 무조건 따르는 것 같고 우리 경비는 소장의 지시에 무조건 따라야 하는 그야말로 상명하복의 그 자체인 것 같다.

반장은 이 아파트에서만 6년을 근무하였는데 두 명의 여자 소장 밑에서 일을 하던 방법이 무조건 지시가 아니라 경비들의 의견도 듣고 하는 상당히 민주적인 방식으로 하고 있었다가 갑작스럽게 지시 일변도로 상황이 변했으니 견디고 실행하기에 힘이 많이 들었던 모양이다. 관리소장에게 경비가 이의를 제기하

| 1부 | 나의 경비 생활

면 대부분이 경비의 손해이고 경비의 피해로 돌아온다. 이번에도 부딪쳤다고 표현하기는 하였지만 거의 일방적인 소장의 질타이다. 그 후에 소장은 경비회사에 전화를 걸어 일방적 소장의 의견을 말했다.

우리가 소속되어 있는 경비회사는 우리가 소속되어 있는 회사이기는 하지마는 우리들 경비보다는 다음번 재계약이 우선이다. 이 계약이 한 달 정도 남아있으니 경비의 입장이야 더 말을 할 필요조차 없을 것 같다.

내가 직접 당한 일은 아니지만 나의 앞일도 걱정이 많다. 이번 일로 우리 회사의 담당 이사가 찾아왔다. 반장은 나와 교대 근무를 하고 있으니 반장과 소장을 다 만나려면 반장 근무일에 왔어야 할 텐데 내 근무일에 온 것이 무슨 이유인지는 모르겠다.

이사는 관리소장을 만나고 오겠다며 경비실을 나간 지 2시간이 다 되어 다시 경비실로 돌아왔다. 이사는 나에게 그날 일의 상황에 관하여 묻는다. 오늘 아침 일재의 결재를 받기 위해서 관리실에 가니 소장이 어제 반장과 있었던 일을 간단하게 말하고는 덩달아 우리 2명에게도 주의를 준다. 그 상황에서 그냥 알겠다는 말 외에는 다른 말이 생각나지 않았다. 나는 이사의 물음에 별다른 아는 것이 없다고 말하고는 아마 얼마 전에 일과도 연관이 있을 것 같다고 내 생각을 말했다. 이사는 얼마 후에 있는 재계약을 말하면서 관리소장에게 대항하면 항명이며 있을 수 없는 일이라고 말한다.

어떤 일이든 판단을 하려면 전체의 상황을 알고 판단하는 것이 옳을지인데 앞뒤를 다 잘라먹고 본인 생각을 말하는 소장이나 또 그 이야기에 맞장구를 치는 우리 회사 이사나 거기서 거기가 아닐까? 이사는 반장에게 어쩔 수 없이 시말서를 받아야 하겠다고 말하는데 받을 때 받더라도 제발 반장의 말도 들어보고 상황을 잘 판단해 주었으면 한다.

이렇게 해서 나의 경비 생활이 벌써 7년이 되어 간다. 나도 경비 일을 처음 시작하였을 때와 지금과는 여러 면에서 많이 변한 것 같다. 제일 많이 변한 것이 자존심인 것 같고 반대로 많이 늘어난 것은 참을성인 것 같다.

아마도 어쩔 수 없이 살아남기 위해서 조금씩 조금씩 변했던 것 같은데 이게 좋은 현상인지 아니면 나이 먹은 끝자락에 쓸쓸하고 슬픈 현상인지는 나도 모르겠다. 어쨌든 아파트 경비 생활에서는 관리소장과 또 자기 관리 동의 입주민이 가장 중요한 것 같다.

관리소장에게는 우선 경비 생활의 밥줄이 달려있다. 어떤 이유에서건 관리소장에게 밉게 보인다는 것은 그 곳에서의 경비 생활을 계속할 수 있느냐 하는 것과 바로 연결된다. 어떤 사안의 실제 잘잘못은 그리 중요한 것이 아닌 것 같다. 소장이 잘못했다고 말하면 그 사안은 경비가 잘못한 것이다.

이제 경비 생활이 조금 쌓이면서 알아가게 되는 것 중 하나가 관리사무소장도 입주자 대표회의 임원이나 입김 센 입주민으로부터 상당한 압력이나 괴롭힘을 당하고 있는 경우가 많다고 듣고 있는데 가끔 어떤 소장들은 자기가 받은 스트레스 등을 경비들에게 풀려고 하는 경우가 있는 것 같아 염려스럽다.

가령 경비의 어떤 행동이나 일 처리의 잘못됨이 동 대표나 입주민을 통해 관리소장에게 전해졌을 경우 관리소장은 이 사안으로 받은 스트레스를 더하여 경비를 처벌하는 경우 등이다.

또 어떤 입주민은 경비가 입주민의 잘못된 개인적인 일탈에 대하여 삼가거나 자제하여줄 것을 요구하면 입주민은 그 일과는 다른 일로 꼬투리를 잡아 경비에게 괴롭힘을 가하는 경우가 상당히 빈번하다.

우리 경비에게는 하는 일이 경비 일의 범주에 속하든 아니든 간에 지시가 있으면 해야 하고 또 하는 일의 쉽고 어려움은 그다지 중요하지 않은 것 같다.

경비들에게 실질적으로 힘이 드는 것은 정신적으로 힘이 들 때이다. 즉 감정을 자극하여 경비에게 자괴감을 안겨다 줄 때가 가장 힘이 드는 것 같다. 그 가해자가 입주민이고 입주민 중에서도 소위 진상의 분류에 속하는 사람이거나 또 경비의 처지

보다는 본인의 안위를 훨씬 중요하게 여기는 일부의 관리소장들과 경비를 지도하고 돌보고 해야 할 경비지도사들이 해당 아파트의 다음번 재계약에만 몰두하여 자기가 관리하고 보호해야 할 경비를 심지어는 재계약의 희생양으로 삼고 있을 때 경비에게는 분노마저 느껴지게 된다.

어떤 일이건 자기가 싫으면 그만두면 되겠지만 대부분의 아파트 경비는 그리 쉽게 경비 일을 그만둘 수 있는 형편이 아닌 사람들이 대부분이다. 불합리한 대우와 심한 정신적 고통을 견디면서도 그만둘 수 없는 가장 큰 이유는 경비들도 가장으로 가족의 생계를 책임져야 하기 때문일 것이다.

2부

경비원인 나의 생각

경비원의 온라인 직무교육에 대한 생각

경비업법에 의하면 일반 경비원은 경비지도사가 수립한 교육 계획에 따라 매월 4시간 이상의 직무교육을 받도록 되어있고 또 경비지도사는 경비원들을 지도 감독 및 교육에 관한 계획을 수립하여 실시하며 그 내용을 기록하여 2년간 보관토록 하고 있다.

경비업법은 이렇지만 나는 경비 일을 시작한 2014년 초 이래 지금까지 한 번도 경비지도사가 실시하는 경비원 직무교육을 받아본 적이 없다. 솔직히 그런 교육이 있고, 받아야 한다는 사실조차도 경비 일을 시작하고 1년쯤 뒤에 경비원 신임교육을 받게 되면서부터 알게 되었다. 나는 경비 일을 하면서 경비가 받아야 하는 교육에는 별다른 신경을 쓰지 않았고 그저 한두 달마다 경비반장이 내미는 교육 참석 용지에 교육에 참석하였다는 의미의 사인을 하였던 게 고작이다.

　그러던 중 경비 일을 시작한 지 일 년쯤 뒤에 경비 신임교육을 받은 후 경비지도사가 되기 위한 공부를 시작하면서 경비에 관한 법과 실제에는 상당한 거리가 있다는 사실을 조금씩 알게 되었다. 경비원에 대한 직무교육은 경비업법으로 정하여져 경비지도사가 실시하도록 하는 경비지도사의 중요한 업무로 되어있는데 이러한 경비원의 직무교육이 2016년 6월 경찰청 감독 명령 제16-1호에 의하여 온라인으로 실시하는 직무교육과 병행하여 실시할 수 있도록 변경됨에 따라 경비원에 대한 직무 교육은 급속하게 온라인 교육 중심으로 변화되고 있는 것 같다.

　이렇게 경비원들의 직무 교육을 온라인화 함으로써 경비지도사의 업무는 상당히 경감되고 또 편리해진 점도 많이 있겠지만 내가 지금까지 3년 동안 온라인으로 직무교육을 받아본 경험으로는 문제점도 많이 가지고 있다는 생각이 든다.

　나는 경비원의 직무교육을 온라인으로 실시함으로써 발생할 수 있는 부정적이라고 생각되는 부분에 대하여 나의 생각을 말하여 보고자 한다. 먼저 경비업법에 의하여 경비지도사가 계획을 수립하여 실시하도록 되어있는 경비원의 직무 교육을 경찰청장의 감독 명령에 의한 온라인교육과 병행하여 실시하면 직무교육의 어느 정도까지를 온라인 교육으로 할 수 있을까 하는 점이다.

다시 말하면 경비원의 직무교육을 100% 온라인 교육으로 대체할 수 있느냐 하는 점이다. 배치되는 현장의 형편에 따라 경비의 방법과 대처 상황 등에서 차이가 있을 수 있을 것이고 이러한 차이에 따른 상황 등을 경비지도사가 현장을 통하여 찾아내고 상황에 맞는 대비계획을 수립하여 실정에 맞는 맞춤 교육을 실시하고 또한 현장에서 배치된 경비원들과의 대면 교육을 통하여 서로의 이견을 조정하고 문제점을 해결하는 것이 더 효과적인 교육이 될 수도 있을 터인데 이에 비하여 온라인 교육은 대부분의 상황을 일을 적으로 가정하여 교육할 수밖에 없을 것이고 이는 경비 현장의 실정에 맞는 교육을 계획하고 실시할 수 있는 경비지도사들의 능력을 간과하고 있는 것이 아닌가 싶다.

또한 온라인으로 경비원의 직무 교육을 실시한다 하여도 온라인 교육이란 말 그대로 컴퓨터 등을 통하여 강의를 듣는 교육으로 일정한 교육 시설이 되어 있어야 함은 물론이고 교육을 받는 경비원들은 컴퓨터를 다룰 수 있는 기초 지식은 갖추고 있어야 할 것이다.

그런데 시설경비원의 많은 수를 차지하는 아파트 경비원들은 나이가 육칠십 대인 경우가 많고 컴퓨터를 다룰 수 있는 능력이 조금 모자라는 경우가 많으며 배움이 적은 사람들이 많다는 점이다. 내가 7년 동안 여러 곳의 아파트를 옮겨 다니며 같이 생활하였던 동료 경비원들도 컴퓨터 다루는 것을 부담스러워하는 경우가 대부분이었다. 물론 단순히 교육 수강을 위한 컴퓨터의 작동법은 그다지 복잡하지는 않다고 하더라도 고령자이고 배움이 적은 이들에게는 무시할 수 없는 장애요소일 것이다.

또한 직무 교육은 근무시간 내에 받을 수 있게 하는 것이 원칙일 것 같은데 내가 지금까지 근무하여본 그 어느 곳에도 아파트단지 내에서 경비원들이 직무 교육을 받을 수 있는 시설이 되어있는 곳은 없었다.

다행히 개인이 수강능력을 갖추고 있고 컴퓨터를 보유하고 있어 집에서 비근무일에 수강할 수 있다고 하더라도 이는 근무시간 외의 시간에 행하여지는 것이며 자기계발 연수의 성격을 띠고 있다고 하더라도 엄연히 월 4시간 이상의 근무에 해당하는 시간을 집에서 근무시간 외의 근무를 하는 것으로 이는 최저임금제의 적용을 받는 경비원의 보수 계산과도 연계될 수 있을 것 같은 생각이 든다.

내가 일을 하고 있는 아파트에는 1조에 2명씩 격일제로 근무하고 있는데 경비원의 직무 교육에 대하여 재작년과 작년에는 경비도사가 방문하여 온라인 직무교육을 받지 못한 경비원에 대하여 온라인 교육의 수강 독촉과 함께 직무교육 실시 참석자 명단 용지에 사인을 받아 갔었는데 올해부터는 아예 직무교육

참석용지에 사인을 받아 가는 것은 없애고 온라인 직무 교육을 받지 않으면 퇴직해야 한다는 경고의 압력까지 이르게 되었다.

이러한 상황 속에서 우리 아파트의 경비원뿐만 아니라 다른 곳의 아파트 상당수의 경비원들은 각자의 방법을 강구하여 편법적인 방법으로 직무교육 온라인 이수증을 남기고 있는 경우도 많이 있는 것으로 알고 있다. 또 온라인 교육을 받고 실시되는 평가 시험은 그 수준이 상당하여 온라인으로 교육을 수강한 경비원들에게 또 하나의 부담이 될 수도 있을 것 같다.

우리 회사가 위탁한 교육실시 기관의 경우 보통 먼저 달 말부터 다음 달 중에 수강자에 대한 평가가 실시되고 문제의 출제 방식은 문제은행 방식으로 출제되고 있는 것 같은데 이 역시 온라인에 의한 평가이므로 수강자의 실력이 아닌 평가가 이루어질 수도 있을 것 같다는 생각이 든다.

나는 우리 회사가 위탁하고 있는 교육실시 기관의 온라인 교육을 3년 가까이 수강하였는데 내가 받은 교육의 내용 면에서 만족하지 못하고 있다. 우선은 교육의 내용이 아파트 경비원의 업무와 잘 맞지 않은 부분이 많다는 것이다. 내가 지금까지 온라인으로 받은 직무교육의 내용은 내가 경비지도사 시험공부를 할 당시의 교재 내용과 대동소이하다.

경비지도사 시험 준비 책자 중 민간 경비론에 나오는 내용은 그렇다고 하더라도 경호학의 VIP 경호와 유명 연예인의 경호 등은 우리 아파트 경비원들의 업무와는 거의 관련 지우기 어려운 내용들이다. 그리고 호신술 등은 무술의 유단자들인 대학의 경호학과 학생들이 배우고 실습하는 내용들을 대부분이 환갑을 넘긴 아파트 경비원들에게 그대로 따라 하라고 강의하고 있다.

정확한 내용을 하나하나 따져 보지는 못했지만 아마도 강의를 수강하고 있는 경비원들이 투자한 시간만큼 이상의 도움을 줄 수 있는 내용은 전체강의 내용 중 절반이 되지 않을 것이라 여기어진다.

경찰청 감독명령 제16-1호로 명령된 직무교육의 온라인 병행 실시는 모든 직무 교육을 온라인으로 하라는 것이 아니라 경비지도사가 실시하는 대면 직무교육과 병행하여 실시할 수 있도록 하라는 것인데 지금은 경비원의 직무교육 대부분이 온라인 교육에 의존하고 있는 것 같다.

경비지도사들이 실시하는 대면 직무교육과 온라인 직무교육의 적정한 배분을 정하여 경비지도사들이 경비원의 배치 현장을 방문하고 경비원들을 지도 점검할 때 경비원들의 교육이 필요한 부분을 찾아내어 검토한 뒤 상황에 맞는 교육 계획을 수립하고 수립된 교육의 내용을 일 년에 최소한 몇 번 정도라도 현장의 경비원들과 대면 교육을 실시하고 경비원들의 의견도 수렴하여 다음 교육에 반영하는 등의 교육과 현재 많이 실시되고 있는 온라인 교육을 조화롭게 융합하여 효율적인 직무 교육이 실시되었으면 좋지 않을까 하는 생각이다.

물론 많은 노력과 시간이 필요하고 어려운 점도 많이 있겠지만 경지지도사의 본연의 임무가 경비원의 복무실태 지도 점검 및 교육에 있다면 이는 당연히 하여야 할 일이고 직무 교육이 온라인 교육으로 편향되어 발생할 수 있는 부작용을 완화할 수 있는 직무교육이 가능하지 않을까 하고 생각하여 본다.

경비회사와 경비지도사를 지도 감독하는 관청에서도 해당 경비회사와 경비지도사가 제출하는 서류에 의존하는 지도 점검만이 아니라 교육 대상자들이 근무하는 경비원의 배치 현장을 방문하여 직접 교육 실태를 파악하고 이들의 의견도 청취하여 차기의 행정계획 및 경비회사와 경비지도사 지도 점검 시 활용하는 것도 하나의 방범이 아닐까 생각한다.

해당 관청에서 경비회사와 경비지도사의 지도 점검 등을 실시할 때 많은 부분을 제출되는 서류에 의존한다면 회사나 경비지도사는 당연히 지적받지 않는 서류 갖추기에 몰두하게 될 것이고 이렇게 되면 행정청에서 알게 되는 상황과 실제 현자의 실태가 전혀 다르게 되는 요인이 될 수도 있을 것이다.

공동주택 관리법 개정에 대한 나의 생각

TV 뉴스를 보고 있는데 뉴스 중에 경비원 보호를 위한 법률안이 국회를 통과하였다는 소식이 있었다. 나는 직업이 경비원인지라 이제야 지난 몇 개월 동안 방송에 가끔 나오던 경비원에 대한 갑질이 좀 개선되려나 하는 마음에 인터넷을 뒤졌지만, 그 내용을 찾을 수 없었다.

며칠이 지난 후 그날 뉴스에서 방송되었던 내용을 다시 찾아보니 이날 뉴스에 나왔던 내용은 공동주택 관리법의 일부 개정으로 공동주택의 경비원에게 경비업법상으로 금지되어있던 경비원의 업무 중 현재 실질적으로 경비원들이 행하고 있는 업무를 대통령령으로 지정하여 경비원들에게 합법적으로 시킬 수 있게 한다는 것이다. 그런데 나의 얕은 지식으로는 경비업법은 경비원들에게는 특별법에 해당되는 법으로 다른 어떠한 법보다 우선하여 적용되어야 하는 게 아닌가 한다.

경비업법에 경비원을 경비업무 외의 업무에 종사시킬 수 없는 조항은 경비업법 중에서도 거의 유일하게 경비원들을 위하고 보호할 수 있는 조항인데 지금의 현실은 아파트 입주민들의 필요와 관행이라는 명분 아닌 명분을 들어 거의 유명무실한 단계에 이르렀고 이번에 공동주택 관리법이 개정됨으로써 경비업법의 이 조항은 완전하게 사장되는 것이 아닌가 한다.

지금까지 거의 명분뿐이었던 경비업법의 이 조항을 경비원의 업무를 적용함에 잘 지켜 경비원들이 경비업무 이외의 일을 하지 아니한다면 이를 대처할 또 다른 인력의 고용을 필요로 하기 때문에 입주민들의 인건비 부담이 증가하게 되어 입주민들은 경비원 수를 줄이거나 근무 형태를 바꾸어 고용할 수밖에 없어 지금 근무하고 있는 아파트의 경비원 중 많은 수가 일자리를 잃을 수 있게 된다는 것이다.

이번 공동주택 관리법의 개정이 경비원들의 고용안정이나 처우 개선에 도움이 될 수 있다고 홍보하고 있지마는 내 생각은 경비원의 고용안정에는 동의할 수 있으나 처우 개선이라는 말에는 동의하기가 쉽지 않다.

경비원의 고용안정은 지금의 경비원들이 하는 일들 중 현재의 경비업법상으로 불법이었던 일들을 공동주택 관리법을 개정하여 합법화되었으니 경비업법을 정상적으로 적용할 때 필요하게 되는 추가 인력이 필요하지 않게 되어 입주민의 인건비 추가 소요가 없게 됨으로써 경비원들의 고용 불안을 덜어낼 수는 있겠으나 경비원의 처우 개선은 이것들과는 다른 점이 상당히 있다.

이번에 공동주택 관리법의 개정으로 합법화될 것으로 여겨지는 대표적인 업무 중의 하나가 지금까지 경비들이 해왔었던 재활용품 분리수거의 도우미 업무이다. 그런데 이 재활용품분리수거 업무에는 지금까지 적은 금액이었지마는 수당이라는 명목으로 적게는 만원부터 많게는 10만원 정도까지 경비원들에게 지급되고 있다.

이 수당은 입주민이 직접 부담하는 것이 아니라 재활용 수거업체에서 재활용품대금으로 지불하는 금액 중에서 지급되고 있는데 지금은 재활용품의 가격 하락으로 예전보다는 감액되어 지급되고 있은 실정이다. 또 이 수당은 경비원들이 분리수거 작업을 도와주는 대가라기보다는 이 업무 자체가 경비업법에서 금지되고 있는 불법 업무에 해당하기 때문에 무마책으로 지급하고 있는 것이라는 말도 있다.

어찌 되었든 이제 재활용품 분리수거 작업이 경비원들에게 합법적으로 시킬 수 있는 일이 되어 버리면 경비들이 당연히 하여야 하는 일을 하는데 수당 같은 것은 지급될 이유가 없을 것이라는 생각이 든다.

경비원에 대한 처우 개선이라면 우선 먼저 떠오르는 것이 보수의 인상일 것이다. 아파트 경비원의 보수는 물론 소속회사에서 지급하고 있기는 하지마는 이 보수는 거의 매년 아파트 입주자 대표회의와 경비회사와의 계약에 의하여 결정되고 이 결정된 금액이 입주민에게 관리비로 부과되어 경비회사로 보내지는 것으로 알고 있다.

따라서 경비원의 인건비 인상으로 인한 처우 개선은 그리 쉽게 기대할 것이 못 되는 것 같다. 그래서 나는 경비원의 처우 개선을 보수의 인상이 아닌 다른 곳에서 찾아보았으면 한다.

우선은 경비원의 휴게 시간과 연계하여 찾아볼 수 있을 것 같은데 맞교대로 일을 하고 있는 경우 경비원의 휴게 시간 한 시간을 월 보수액으로 환산하면 십이만여 원이 되는 것 같다. 그런데 이렇게 돈으로 환산할 수 있는 휴게 시간들이 경비 계약을 할 때는 경비들의 보수를 조정하는 데 쉽게 사용되고 있는 것 같아 가슴 아프다.

쉽게 얘기하면 먼저 인건비의 액수를 정하여 놓고 그 금액에 맞추어 경비들의 휴게 시간을 조정하는 것이다. 그러다 보니 1회에 1시간이면 족할 휴게 시간이 1시간 반 또는 2시간 등으로 정하여지게 되는데 이들 대부분의 휴게 시간은 허울뿐으로 실제 휴게할 수 있는 여건은 갖추지도 못하고 그저 명목만 휴

| 2부 | 경비원인 나의 생각

게 시간일 뿐이다.

그러다 보니 경비회사에서는 휴게실의 설치와 휴게 시간들을 경비원들이 만족하게 잘 이용하고 있다는 실제와는 전혀 다른 서약서 등을 경비원들에게서 징구하게 되고 해고와 재계약 등으로 족쇄가 채워져 있는 경비원들은 어쩔 수 없이 회사에서 내미는 용지에 이름을 쓰고 서명을 하게 되는 것이다.

지금 내가 이야기하고 있는 사실은 모든 아파트의 공통된 것은 아니라 하더라고 적어도 내가 일하여본 대부분의 아파트가 이러한 실정이었음을 나는 말할 수 있다. 내 생각으로는 한낮이나 업무 형편상 휴게 시간으로 사용하기 어려운 저녁시간 대의 휴게 시간을 길게 늘여 잡아 놓지 말고 이때는 식사하고 커피 한잔 마시기에는 충분한 1시간 정도로 하고 이들 휴게 시간을 모아서 야간 휴게 시간과 합하여 책정된 인건비의 사정과 연계하고 경비는 조금 적은 보수를 받는다면은 경비는 야간에 집에서 잠을 잘 수가 있고 비근무일인 다음 날을 별다른 문제없이 잘 활용할 수 있을 것 같다는 생각이다. 물론 아파트 내부적으로는 야간의 경비와 보안의 문제 등이 발생할 수도 있겠지만 이러한 것들은 나름의 대책을 강구하면 될 수 있지 않을까 한다.

내가 지금 일을 하고 있는 아파트는 3년 전부터 경비들은 아침 6시에 출근하여 경비 일을 시작하고 밤 10시에 퇴근하는 형태로 일을 하고 있다. 이처럼 경비원 전원이 출퇴근하는 형태가 아니더라고 근무 형태를 변형하고 연구한다면 좋은 대안이 나올 수도 있을 것 같다는 생각이 든다.

그리고 지금까지 경비원들은 단속적 감시업무의 종사자로 분류되어 받지 못하던 휴일근무 가산금 등을 근무 형태가 바뀌면 받을 수 있지 않을까 하는 기대는 하지 않는 것이 편할 것 같다는 생각을 하여본다.

왜냐하면 만약 휴일근무 가산금 등이 적용되어 총액에서는 금액이 늘어난다고 하더라도 지급할 수 있는 금액은 입주자들이 부담하는 인건비 중 계약된 경비원 보수 총액으로 결정되기 때문이다. 다만 총액이 높아진다면 이를 줄이기 위해 다시 휴게 시간을 늘리는 등의 대체 효과는 기대할 수 있지 않을까 여겨진다.

지금까지 말한 것은 짧은 나의 소견이고 실질적으로 경비원의 처우 개선은 여러 가지 면에서 연구와 고민이 필요한 부분일 것이다.

이제 공동주택 관리법의 개정으로 새삼 우려스러운 것은 이번에 대통령령으로 정하여지는 경비의 업무들이 공동주택관리법 개정 이전에도 경비원들이 해오던 일이라고는 하지마는 그래도 그때에는 이런 업무들이 경비업법상으로는 불법이어서 일을 시키는 사용자의 입장에서는 조금은 께름직한 면도 있었겠지만 이제 이 일들을 합법화시켜 놓는다면 이후 경비들에게 부여되는 일들과 감독에 관한 상황들이 거의 눈에 보이는 것 같아 걱정스럽다.

지금까지 경비업법의 내용으로 존재하고 있었던 경비원은 경비업무 이외의 업무에 종사하게 할 수 없다는 조항은 비록 허울뿐인 조항이었으나 우리 경비들에게는 그래도 조금이라도 기대 볼 수 있는 희망이었는데 이제 이 조항에 해당하는 대부분의 일들을 합법화시켜 놓았으니 아파트 내에서 관리소장이 경비들에게 지시하는 업무의 강도와 경비들이 느끼는 일의 강도는 분명히 달라질 것 같다는 예감이다.

이제 내가 바라는 것은 공동주택 관리법의 시행령으로 정하게 될 경비들에게 부여할 수 있는 업무들은 그 범위를 명확하게 하고 범위가 애매할 경우 다시 규칙으로 위임하여서라도 두 가지 이상의 의미로 해석될 수 있는 조항은 없도록 분명히 하였으면 한다. 만약 해석을 달리할 수 있는 조항이 있다면 그 해석은 힘을 가지고 있는 자들에게 유리하게 해석될 수밖에 없을 것이기 때문이다.

경비 근로자

경비업법상 경비원이라 불리는 근로자는 경비업체에 고용되고 현장에 배치되어 경비업무에 종사하고 있는 자를 말한다. 따라서 경비원은 경비업체에서 적격자를 채용하여야 할 것이나 실제로는 시설 경비원인 아파트 경비원의 채용은 이와는 상당히 다른 경우가 많이 있다.

  아파트 경비원의 채용 형태로 관행화되어있는 사실의 하나는 아파트 경비원을 채용하거나 자르거나 하는 것은 경비업법과는 상관없이 아무런 경비원의 인사권한도 없는 해당 아파트의 관리소장이 행사하고 있는 경우가 많이 있고 경비회사는 그저 형식적인 뒤처리만을 감당하고 있는 것이 사실일 것이다. 이는 경비원의 고용안정을 위해서도 먼저 개선되어야 할 좋지 않은 관행이 아닌가 한다.

경비원들의 근로 계약은 단기 1개월에서 길면 1년 정도의 단위로 경비회사와 계약되고 있는데 물론 민법 등 관련 법규를 지켜 가면서 행하여지고 있겠지마는 1개월 기간의 근로 계약은 경비회사의 어떠한 목적에 따르는 편법 계약이 아닐까 하는 의구심이 들 때도 있다. 일반적으로 회사나 공공기관 등에서도 수습기간이라는 게 있는데 경비의 경우는 이 기간을 보통 3개월 정도로 정하는 경우가 많이 있다.

　또 경비원을 근로 계약기간 만료 전에 경비회사가 경비원과의 근로 계약을 해지하려면 충분하고 정당한 계약 해지의 사유를 설명하고 정하여진 절차를 거치도록 하는 것이 계약직인 경비 근로자의 고용을 조금이나마 덜 불안하게 할 수 있을 것 같고 계약기간이 만료되어 재계약을 체결할 때에도 해당 회사는 재계약에서 탈락하는 경비원이 이의를 제기할 경우 해당 회사는 재계약이 되지 않는 사유와 그 근거를 근로자에게 알려주는 것이 어떠할까 생각한다. 이렇게만 하여도 관리소장이 경비원이 마음에 들지 않거나 단순히 민원을 야기하였다는 이유로 경비원을 자를 수 있는 경우는 상당히 줄어들 수 있을 거라는 생각이 든다.

　아파트 경비원은 육체적 노동자이면서도 감정적 노동자이다. 경비원이 감정적 노동자라는 말에 이의를 제기할 수도 있겠으나 경비원 생활을 경험한 나는 경비원은 실제로 육체노동보다도 더 심하게 정신적으로 시달리고 있다고 감히 말하고 싶다.

아파트 경비원은 경비회사와 아파트 입주자 대표회의 대행자인 관리소장과의 도급계약으로 해당 아파트에 배치되며 도급계약의 정의상으로는 소속회사의 지시를 받아 경비업무를 수행함이 마땅하나 실제로는 업무의 모든 면에서 관리소장의 지시를 받아 일을 하고 있으며 또 경비 1인당 수백 명에 달하는 아파트의 입주민들 역시 경비원에게 실제로 지시하고 명령할 수 있는 사람들이다. 입주민이 경비원에게 직접 지시하기가 좀 그러하다면 해당 사항을 관리사무소에 전화하면 경비에게 지시할 사항은 곧바로 해결이 되는 것이다.

경비원은 이들 입주민 중 누구의 눈 밖에 나거나 거슬리기라도 한다면 더구나 그 입주민이 소위 말하는 진상인 입주민이라면 해당 경비가 받는 정신적 고통과 압박은 당해보지 않은 사람은 정말 이해하기 힘이 들 정도로 심하다. 이는 어떤 사안의 잘하고 잘못함을 따지는 데 있지 아니하고 입주민과 경비라는 신시대적 신분의 차이에서 기인하는 것이 아닌가 한다.

우리 경비원들이 입주민을 대할 때에는 평소에는 보통의 인사말로 족하지마는 입주민이 어떠한 민원을 제기하거나 어떤 사안을 가지고 대할 때에는 상당히 긴장되고 또 신경이 쓰이게 된다. 어쩌다 한마디 실수라도 한다면 상당한 불이익을 당할 수도 있기 때문이다. 만약 경비원이 어떠한 실수로 입주민이 제기하는 민원이나 사안에 대하여 입주민의 비위를 거스른다면 입주민은 먼저 경비를 탓할 것이고 더 나가서는 이 상황이 관리실과 소속회사로 번져 경비에게는 걷잡을 수 없는 사태에 이르는 경우가 빌생하게 되고 결과적으로 최악의 경우에는 경비 일자리를 잃게 되는 데까지 이르게 된다.

또 입주민이 어떤 방법으로든지 소위 민원이라 부르는 경비에 대한 불만을 나타내면 관리사무소장이나 회사소속 경비들을 지도 감독하는 경비지도사는 사안의 옳고 그름은 파악하기보다는 관리소장은 먼저 자신의 안위를 생각하고 경비지도사는 다음번 재계약을 먼저 의식하며 사안을 처리하고 있는 것이 아닌가 싶을 경우가 종종 있다. 이 사람들은 경비원도 한 명의 직장인이고 그의 수입으로 경비원과 그 가족이 살아가고 있다는 점 등은 아랑곳하지 않는 것 같다.

나는 지금까지 경비 생활을 하면서 열 명의 관리소장 지시를 받으며 일을 해 왔는데 이들 관리소장 열 명 중 일곱 명 정도의 관리소장은 경비원을 한 직장의 근로자로 대하는 것보다는 경비는 관리소장의 말이면 무조건 복종하여야 하고 지시대로 따라야 하며 경비가 소장의 지시에 토를 달거나 탐탁하지 않게 여기는 기미가 보이면 관리소장은 경비가 자기의 권위를 무시하고 반항하려 한다는 식으로 여기고 있는 것 같았다.

이러한 관리소장의 의식 속에는 경비들의 인사권은 사실상 관리소장이 행사한다는 관행이 가져다준 착각 속에서 경비를 대하고 있기 때문이 아닌가 하는 생각도 든다.

아파트 입주자 대표회의와 경비회사 간의 경비계약은 도급계약만으로 할 수 있도록 경비업법에 명시되어 있다. 이때의 도급계약이란 어떠한 일이나 임무를 맡아서 그 일을 완성함으로써 대가를 받는 계약이다. 이는 한 아파트의 경비운용을 경비회사에서 책임지고 운용한다는 뜻일 것이다. 따라서 아파트 내에 배치된 경비원의 임용 및 배치 그리고 운용을 경비회사에서 하여야 함이 맞을 것이다.

다만 경비의 운용실태에 문제가 있거나 운용되고 있는 경비의 실태가 아파트의 형편과 불합리한 부분이 있을 경우 아파트 입주자 대표회의를 대리하는 관리소장은 경비회사에 요구하거나 상의하여 아파트에 더 편리하고 효율적인 상태로 경비원의 배치와 운용을 변경함이 맞지 않을까 생각된다.

그러나 현실은 아파트 내에 배치되어 있는 모든 경비원이나 경비업무의 운용은 관리사무소장의 독단적인 결정에 의하여 운용되고 경비회사는 그저 다음번 재계약만을 염두에 두고 바라만 보고 있는 게 아닌가 한다.

경비원을 실질적으로 채용하고 자르고 하는 일에서부터 경비원의 초소배치 그리고 경비들에게 지시하는 일이 경비업무에 해당되고 아니고를 떠나서 관리소장이 지시하면 경비원들은 무조건 그 지시에 따라야 하는 것이 지금의 현실이다.

누구인가 "경비는 고르기도 쉽고 자르기도 쉽다."라고 말을 했다고 한다. 이렇다 보니 경비원은 입주민의 말이나 잘못된 행태를 감히 표현하거나 말하지 못하고 그저 참고 속으로 삭이며 경비 생활을 계속할 수밖에 없다. 이러한데 어찌 경비원을 감정노동자라 하지 않겠는가?

근로기준법에는 경비원을 부단의 감시적 특성을 가진 근로자라 하여 주당 근무시간이나 임금의 계산 시에 휴일 가산수당 등에서 배제하고 있다. 또 아파트 경비원은 경비원이라는 직명을 쓰기가 무색할 정도일 때가 많이 있다. 좀 더 심하게 말하면 아파트 내의 공동잡부라는 표현이 맞을 것이다.

경비업법에서는 경비업자는 소속 경비원을 허가받은 경비업무 이외의 일에 종사하게 하여서는 아니 되며 이를 위반할 때에는 경비업 허가를 취소하도록 되어있다. 그러나 지금 아파트경비원의 경우 경비업무 수행을 위해 소비하는 시간보다는 경비업무와 상관이 없는 일에 종사하는 시간이 더 많을 것이다.

실제로 아파트 경비 현장에서 경비원에게 주어지는 일은 종류 불문이다. 입주민의 편의를 위한다는 이유를 붙이면 안 되는 것이 없을 정도이고 청소를 비롯하여 관리실에서 지시하는 일이라면 그 일의 종류나 성격 같은 것은 굳이 따질 필요조차 없다.

경비원이 입주민과 관련되는 일을 할 때 좀 못마땅하거나 시정하였으면 하는 사항이 있어도 그냥 넘어가는 경우가 많이 있는데 대표적인 것이 재활용품 분리수거이다. 재활용품의 분리수거는 방송이나 관공서 등에서 홍보하고 있는 것처럼 분리수거가 제대로 되고 있지 않는 경우도 상당히 있다. 물론 분리 방법을 잘 지키고 이행하는 입주민이 훨씬 많이 있겠지만 더러는 재활용품 분리수거일을 쓰레기를 버리는 날 정도로 여기며 상식 밖의 배출을 하는 세대도 더러 있다.

재활용품 분리수거의 도우미 일을 하고 있는 우리 경비원은 그때마다 이런 것들은 배출하면 안 된다고 말하고 싶지마는 말을 하지 못한다. 이런 일로 입주민의 눈 밖에 나고 싶지 않기 때문이다. 그러나 속으로는 정말 보기와는 딴판으로 상식 밖의 행동을 하고 있구나 하는 생각에 속이 상할 때가 많이 있다.

또 입주민이 경비원을 대하는 태도에도 문제는 좀 있는 것 같다. 물론 사람에 따라 다르겠지만 경비원을 근로자로 보는 것이 아니라 그 옛날 남의 집에 고용되어 일하고 새경을 받는 소위 머슴에 가까운 시각으로 대하는 경우도 종종 당하고 있다.

| 2부 | 경비원인 나의 생각

아파트에서는 입주민이 경비들에게 음료수나 과일 또는 먹거리를 가져다주는 경우가 종종 있는데 경비들은 고맙게 잘 먹고 있다.

그런데 어떤 때는 입주민이 가져다주는 먹거리를 받아들고 황당하고 서글플 때가 있다. 나는 이런 경우를 몇 번이나 겪었다. 한번은 입주민 아주머니가 상당히 고급스러운 소시지 한 통을 가져다주며 간식으로 먹으라고 한다. 얼른 일어나 받아들고 고맙다고 잘 먹겠다고 인사를 한 뒤 소시지의 양도 제법 많고 하여 먼저 이 소시지를 살펴보고는 무엇이라 표현하기 힘든 마음과 서글픔이 앞을 선다. 이 소시지의 유통 기한이 오늘이다.

6개월의 유통기한 중 왜 그 기한의 마지막 날인 오늘, 그것도 며칠은 두고 먹을 만큼 많은 양의 소시지를 주었을까? 혹시 계륵은 아닐까? 자기들 먹기에는 께름칙하고 버리자니 고급 소시지이고 그러니 경비에게 인심이나 쓰자. 뭐 그런 마음이 아니었기를 바란다. 또 어떤 때는 가져다주는 음식을 먹어야 할지 말아야 할지 망설여지는 때도 더러 있다. 이유는 말하지 않아도 짐작이 갈 것이다. 다만 이럴 경우 경비의 마음도 그리 편하지는 않다.

요즈음 매스컴에 경비원들에게 부당한 업무를 하도록 하는 것을 바로잡겠다는 기사를 가끔 볼 수가 있었다. 또 이를 바로 잡으면 경비원 해고 등의 문제가 발생할 수 있어 기존 경비원들에게 피해가 갈 수도 있다는 기사를 본 적도 있는데 법에 관해서 잘 알지 못하는 나의 생각은 모든 것을 무리하게 바로 잡고자 하는 것보다는 입주민들의 부정적 견해가 덜 가는 부분부터 고쳐 나갔으면 한다. 이는 입주민이 경비원을 한 사람의 근로자로 여기고 대하여 줄 때 좀 더 수월하게 해결될 수 있을 것이라고 생각한다.

또한 우리 경비원들도 무조건 입주민이나 관리사무소, 회사들을 탓하기 전에 우리 자신들부터 고쳐 나가야 할 점들도 많이 있다고 생각한다. 아파트 경비가 입주민을 대하는 기본자세는 친절과 봉사인 줄 알고 있다. 그러나 친절과 봉사라는 개념을 너무 낮추어 생각하여 옛날의 머슴이나 하인처럼 자기를 낮추어 행동하지는 말았으면 한다. 근로자로서의 최소한의 자긍심은 지켜 가면서 업무를 수행하는 것이 옳지 않겠나 생각한다.

얼마 전 한 아파트에서 경비원을 입주민이 가해한 사건에 대한 젊은 여성과의 인터뷰를 본 적이 있다. 그 인터뷰에서 "피해 경비원 아저씨는 평소 입주민을 볼 때마다 열 번이면 열 번 다 모자를 벗고 인사를 했다."고 하여 그 경비원의 평소 친절에 대하여 이야기하는 것을 들었는데 나는 다른 생각이 들었다.

| 2부 | 경비원인 나의 생각

물론 인터뷰를 한 젊은 아줌마는 경비아저씨의 평소 친절에 대한 고마움을 이야기한 것이겠지만 이는 친절 이전에 경비원 아저씨와 젊은 아줌마의 인식 속에 자리한 입주민과 경비의 인식 관계를 보여주는 것이라는 생각이 든다.

우리나라는 예로부터 동방예의지국이라 불리 우며 인사에 관한 법도와 예절이 전하여 내려오고 있다. 굳이 옛날의 법도를 말하지 않더라도 인사는 먼저 본 사람이 먼저 인사를 함이 타당할 것이다. 아무리 경비와 입주민의 관계라고 하더라도 환갑의 나이에 딸이나 며느리쯤 되는 입주민에게 하루 열 번이면 열 번 모두 모자를 벗고 인사를 하였고 그 인사를 당연한 듯 받았다면 두 사람 모두 경비에 대한 인식에 문제를 가지고 있지 않은가 여겨진다.

물론 모든 것이 생각하기에 따라 달리 여겨질 수도 있겠지마는 우리 경비들도 입주민에 대하여 너무 심한 주종의 의식은 갖지 말고 근로자와 사용자의 관계, 더 나가서는 사람과 사람의 관계로 발전할 수 있도록 하여야 할 것이다.

이러한 과정에는 여러 가지 오해들도 발생할 수 있을 것이고 또 경비의 입장에서는 당장 가족의 생계가 달려 있기에 입주민들과의 대등한 관계의 정립에는 두려움이 있겠지마는 우리 경비원들은 천천히 그리고 조금씩이라도 지금보다는 더 발전된 생각과 자세로 바꾸어 나가는 데 노력하여야 할 것이다.

물론 생각과 자세를 바꾼다는 것은 많은 시간과 노력이 필요하고 또 어떤 계기가 있어야 하겠지만 어렵더라고 경비라는 직업이 존재하는 한 언제인가는 꼭 이루어져야 할 일이기에 우리는 낙심하지 말고 경비로서 당당한 근로자라는 자긍심을 가지고 묵묵히 우리들의 일을 해나가야 할 것이다.

| 2부 | 경비원인 나의 생각

책을 마치며

삶을 위하여 경비라는 직업의 생활전선에 들어선 지도 벌써 7년이 되어 갑니다. 처음 일 년은 아무것도 모른 채 그냥 자포자기의 심정으로 왕복 네 시간의 출퇴근길을 지금보다는 조금 더 젊었기에 버티어 내었나 봅니다.

이 아파트 저 아파트를 옮겨 다니며 겪고 당하고 하는 동안 같은 경비 생활인데도 만나는 주변 사람들에 따라 크게 달라지는 것을 체험하였고, 나이와 생계를 담보로 인권이란 말이 조금은 사치스럽게 여겨지는 아파트 경비 생활을 하였습니다.

그리고 무엇인가 더 나은 것을 찾고 또 시도하지 않으면 인생이 그냥 이대로 끝이 나고 말 것 같은 두려움에 시작했던 자격증 취득 공부 중에 책장에 떨구었던 눈물. 어렵게 취득한 자격증이 나이라는 현실적 장벽 앞에 무용지물이 되는 순간에 느

껐던 실망감. 이제 우리 경비들의 생활도 개선되어야 한다는 이유를 경비 생활의 민낯을 통해 드러내 보이고 싶어 이 글을 씁니다.

학교 다닐 때 이공계 공부를 하였던 내가 글을 쓰는 것이라고는 초등학교 때 선생님이 방학 숙제로 내어 주셨던 일기조차도 끝까지 써본 일이 없는 글 솜씨로 나로서는 제법 많은 분량의 이 글을 쓴다는 것이 무리인 줄은 알았지만 그래도 창작이 아니라 보고 느꼈던 것들이고 어떻게 해서라도 개선되고 바뀌어야 한다는 간절한 마음에서 어떠한 객관적인 자료의 조사나 해당 법령의 살핌은 나 혼자의 능력으로는 감당할 수 없는 것들이었기에 단순하게 내가 겪은 일들과 느껴지는 생각을 적어 보았습니다.

문맥의 구성이나 흐름의 어색함 또 나의 주장과 생각이 잘못되었더라도 너무 탓하지 마시고 그저 색다른 세상을 돌아본다는 마음으로 보아 주셨으면 합니다.

2020년 10월
장수욱 드림